天路

Levy Hideo

TENRO

リービ英雄

講談社

目次

装幀　水戸部 功
写真　著者

天路

高原の青い鳥

1

カバンには「ロンリー・プラネット」と旅行会社からもらった地図を入れて、かれは早朝に新宿の部屋を出た。東京駅で成田エクスプレスに乗り、第二ターミナルで下りて、東方航空の十時便に何とか間に合った。

乗りこんだとき、飛行機が前より小さくなったのに気がついた。連日のテレビ・ニュースに報道されている領土問題で、乗客が少なくなったのだろう。そのことを予測していたが、小さい飛行機は逆に息苦しいほど混みあい、荷物棚には象印の五万円の電気釜とＴＯＴＯの最先端の便座がぎっしり詰められ、前列からも後列からも、ケーラー、ケーラー、ノンラー、と上海語がかれの耳に大きく鳴り響いていた。

上海で国内便に乗りついで、かれの漢民族の友人が「大西部」と呼ぶ領域まで一日で何とかたどりつくことができた。国際便より国内便の方が時間は長く、けっきょく飛行機を下りたのは夜の九時過ぎだった。

小さな空港の到着ロビーで、背の高い漢民族の友人をすぐに見つけた。かれはその友人とは以前、「赤い高粱《コーリヤン》」の作家、莫言《モーイエン》の研究で山東省を訪れたときに知り合った。莫言と同じく、山東省の農村で生まれて、青年時代に人民解放軍に入隊した。だが莫言と違って、文学の才能もなければ関心もなく、新宿の路地裏の部屋で文筆家として生活しているかれとは真逆に、実用的なことに長けて、特に自動車が好きだった。お互いにないものにひかれたのかすぐに友達になり、運転をしたことのないかれを中国の古い国産車に乗せて、本物の高粱畑もあり、道端には農民の姿が絶えない、友人が「老家《ラオジヤ》」と呼ぶ故郷の村に連れて行くこともあった。

ターミナル・ビルの出口のガラス戸は、成田空港や上海空港のそれと違って何の灯りも映っていなかった。

ガラス戸から外へ出ると、巨大な空が広がり、その下に小さな駐車場があった。たぶん上海へ買物に行ってきた町の成金たちの黒いアウディとボルボと白いトヨタが列に並び、その上を清らかな月光が照らしていた。

三列目の、その真ん中あたりに、他の車と違った、赤の色彩がかれの目に入った。

黒と白の高級車の中のとつぜんの赤色に、旅で疲れた目がさめた。その列に入った友人の後にしたがって近づくと、これだ、という友人の声で、一台のずんぐりとしたセダン車の前でその足が止まった。

山東省のナンバープレートの上に「日産」とBLUEBIRDという文字が、月光の下で読みとれた。そして黒い皮膚の上に無数の斑点が現われているように、車体のいたるところに赤いスティッカーが貼られていた。五星紅旗のスティッカーと、「祖国の領土を死守する」というスローガン、そして小さな島にそびえる円錐形の山の後ろの真赤な拳の絵と、「釣魚島は中国のものだ、日本人は出て行け！」という意味の文字のスティッカーだった。

静まりかえった駐車場の中で、叫び声のような文字が妙に目立った。

漢民族の友人がかれのカバンを引き取ってトランクに入れたとき、その細長い顔には複雑な表情があった。

おどろきと、すこしの恐怖も覚えたかれに対して、説明しにくい事柄を分かるように、ゆっくりとした普通話《プートンファ》で話しはじめた。

その年の春に、生まれてはじめて外車を買うことにした。製品が良くて、ドイツ車より買い求めやすいから、日本車を選んだ。九年分の年収に相当する額のローンを組んで、購入した車は、快適そのもの、その車で小学生の子供たちを夏休みに天安門と万里の長城にも連れて行った。

あなたは大西部に行きたい、と前から言っていたでしょう。大西部には私も一度は行ってみたい、だから私の車で行き、あなたはガソリン代を払ったらどうか。夏の終わり頃に、新宿の部屋にそんな電話がかかってきたことをかれは思いだした。

但是《ダンシル》、ところが、と友人が声を高めた。夏の終わり頃に、日本の総理大臣が中国の島を国有化した。そのことが毎晩のテレビ・ニュースで取り上げられた。その直後に、道を走っている日本車が山東省でも何台も火をつけられた。日本車を購入したというだけの理由で、中国人の運転手が車の中から引きずり出されて暴行を受けた。半身不随になった人もいる。

私は軍出身で今も共産党員だ、何も非国民の気持ちで日本車を買ったわけではない。製品はいい、国産車よりずっといい。私は庶民だ、農村で生まれた老百姓《ラオパイシン》だ、アウディなんかにはとても手が届かない、だが四十歳前になって外車を一台手に入れる、という夢はこのブルーバードというやつでみごとにかなった。

友人の中国語は、そのような意味だった。

駐車場の中で、ゆっくりと始まりそのうちにほとばしりだし、四声が上ったり下ったりすることばをかれは黙って聞きとろうとした。

只有一《ヂーヨウイー》个《ゲ》。唯一、自分を守る方法は、愛国心を示すことだった。それで車体に愛国のスティッカーを貼りめぐらせた。町でホンダとトヨタと日産を運転する人たちはみんな同じことをしていた。

魔除け、という日本語がかれの頭に浮かんだ。魔除け、を翻訳できず、黙りこんだ。

大西部の旅のために二日間、山東省から高速道路を走りつづけた。

謝謝你《シエイシエイニー》、とかれは弱々しい声で言った。

いや、あなたこそ遠方よりよく来てくれた。友人の声には一瞬、おおらかさがもどった。

それからまた独り言を言いつづけた。

但是《ダンシル》、ところが、西安を過ぎて本格的に西方へ入りこんだあたりから、面白いことに気がついた。西へ行けば行くほど、愛国スティッカーが見当たらなくなった。

友人はまわりで駐車している何台かの日本車を指した。

ここまで来ると、そんなものは一つもないでしょう。

ターミナル・ビルのすぐ後ろにそびえる真暗な山脈を友人が指で示した。そして振りかえり、反対側で層をなす山々を指した。

北の山脈の向こうでは砂漠が敦煌までつづき、南の山脈の向こうでは高原がラーサまでつづいていた。

膨大な大西部の中には、日本そのものが三つも四つも入る。

ここまで西に来ると、東の海に浮かぶちっぽけな無人島を日本が盗んだ、ということを誰も話題にすらしていないようだ。

漢民族の友人は、そのことに芯までおどろいているようで、不思議そうな表情になっていた。

ここまで来ると、愛国のスティッカーが逆に変に見られてしまう。日本車だということが逆に目立つ。

友人の表情には当惑したようなもう一つのかげが横切った。

それで、私は思う、と友人が言った。

一瞬経ってから、私も思う、とかれは答えた。

友人もかれも、ほぼ同時に言いだした。

それでは、剝がしましょう。

駐車場のどこかで車が去る音が一つだけ聞こえた。近くには誰もいないことを確かめると、二人で真赤なスティッカーを一枚一枚剝がしはじめた。

激怒の文字がめくれ上った。「愛国無罪」がとれた。

ウオツリジマの絵がたやすく落ちた。

剝がす音とともに、北方からも南方からも、砂漠と高原の静けさが聞こえてきた。

最後の五星紅旗を剝がしたとき、ついでに日産の文字もけずりたくなった。母国の星条旗を剝がす自分を想像した。

その時、かれの心には「親」も「反」もなかった。ただテレビ画面からうっとうしいニュースのテロップを引きちぎっているような気持ちになった。

数分のあとに、ブルーバードの車体が月光の下で黒く輝いていた。

走《ツォー》吧《パ》、と漢民族の友人が言った。

さあ行こうか。

走《ツォー》、と答えるかれの声で、二人はブルーバードに乗りこんだ。

「国家」を剝がされた車は、エンジンが勢いよく、青い鳥の元の軽みを取りもどしたように、空港の南方の、チベット高原に向ってすっと走り出した。

2

巨大な空が、近いだけに丸みを感じさせず、平坦に広がっていた。

藍天《ランティイエン》白雲《バイユン》、見たことない！　と運転する友人が何度も感嘆をもらした。その白雲が国道すれすれに流れて、ブルーバードのフロントガラスにふわふわと現われては消えていった。

漢民《ハンミン》と蔵民《ツァンミン》が半分ずつ、と友人が言ったふもとの町に泊まり、朝起きるとすぐにつづら折りとなった国道で高原に登った。登りきったときも、かれの頭の中はまだ十分大陸の言葉に切り換わっていなかった。島などどこにもないのに島国の言葉は抜け切れず、見たことない！　と興奮していきなり早口になった友人の、山東アクセントの普通話《プートンファ》も、ときどき、音のない膨大な風景の中で単なる小さな音としてかれの頭にこだました。

没有人《メイヨーレン》！　人はいない！

大陸の西の果てでは、大陸の人口が枯れたように、人の姿は見当たらない。

十三億人は幻だったように、と日本語で思いながら、ブルーバードの窓に広がった初秋の黄金色がかった草原をかれは黙って見つづけた。

青い鳥が雲の中にまぎれこみ、また雲を抜け出した。一時間ほど南下したところで高原はゆるやかにうねりだした。二車線だけの狭い国道も、起伏する大地の上に掛けられた細いリボンのようにうねっていた。空気の酸素量が少なくなったような気がして、これから先はめまいを覚えるだろうという予感もした。

十キロほどの下り坂を下りたところで草原が平らになって、国道がまっすぐに南に向った。

国道の道端に、何かが動いていた。遠くから見るとへびが動いているようだった。一ぴきの灰色の短いへびのすぐうしろで、もう一ぴきが草の上をすべっていた。

高原にはヤクも狼も羚羊《れいよう》もいる、と「ロンリー・プラネット」で読んだことがあった。しかし、へびは聞いたことがない。

ブルーバードがそこへ近づいた。

フロントガラスに映ったのは、灰色の衣で国道のそばを這っている人だった。

這っている人は二人いた。腹で進むように動いている一人のすぐうしろで、同じことをしているもう一人の姿が見えた。一人が体を起こして天に向って合掌をし、また土を抱くようにうつぶせになり、一歩進むと、うしろの一人が体でこだまするようにその動作をくり返した。

蔵民《ツァンミン》だ、と漢民族の友人が言い、這っている二人のすぐ横にブルーバードを止めた。かれと友人は車を下りた。酸素の薄い空気の中でふらついた。地平線の山脈まで何十キロも広がる草原を風が横切り、顔に当たった。

風で乱れた茶色の髪のかれの姿を見ておどろいたようで、先方で土の上を這っていた人が立ち上った。灰色の衣を身にまとった五十代の男だった。

漢話《ハンファ》は分るか

と漢民族の友人が聞いた。

漢話《ハンファ》は、すこし分る

と男が答えると、うしろの人も立ち上った。男と同じ年齢の、白が交じった長い黒髪の女だった。女の手首に巻かれたいくつものトルコ石の腕輪が大空の強い日差しを受けて光っていた。

中国語ではなく、普通話《プートンファ》でもなく、漢話《ハンファ》なのだ。大陸の少数民族から見れば、あの「華語」も一民族の言葉に過ぎないのか。

私も、漢話《ハンファ》はすこし分る

とかれが言った。五十代の男が、金歯がいっぱいの口をあけて笑った。おおらかな笑い声だった。

五十代の夫婦の灰色の衣から、ヤクのバターとも香煙ともつかぬにおいが漂っていた。

男がかれの国を聞いた。

アメリカ国籍だが、日本に永住している、とかれが漢話で答えた。答えたとき、特にこの数年間、北京や山東省の大都会でそれを打ち明けるときの緊張感をふっと思いだした。

遠《ユアン》、と男がそれだけ言った。

国道の両側でかぎりなく広がる草原の静けさに、自分の声と五十男の声がのみこまれて、消えていった。

男も女も、初秋なのに足までのびた衣はぶ厚い。その向こう脛にも前腕にもすりへった木板の防具が付いていた。

五体投地、とどこかで読んだ日本語をかれは急に思いだした。土の上を這うように動きながら巡礼する、ということだった。

あなたたちはどこに向っているのですか
ゴンパ、と男が答えた。

そうだ、ゴンパへ行くのです、とうしろから前へまわってきた女が言った。

「ロンリー・プラネット」には、ゴンパはお寺の意味だ、と書いてあったから、かれも知っていた。

あなたたちはこうやってどれぐらい来たのか

と漢民族の友人が聞いた。

だいたい百五十キロ

寺院《ゴンパ》までは遠いですか

とかれが、生まれてはじめてのチベット語を交じえて、聞いた。

不遠《ブユアン》、不遠《ブユアン》、だいたい百キロ

五十男にとってもかれにとっても母語ではない中国語を口からすこし力んで押し出すように、五十男がゆっくりと答えた。

五十代の夫婦が、家から寺院まで、二百五十キロの道を這いながら巡礼するのであった。

　かれも漢民族の友人も一瞬黙りこんだ。

　草原の巨大な静けさに囲まれていることを、かれは意識した。草原には人気はなかった。山のふもと近く、草原の勾配がなだらかに上ったあたりでは、ヤクの群れが百匹の蟻のかたまりのように小さく、わずかに動いているのが見えた。

　草原の静けさは南方から破られた。国道の反対車線にはトラックが三台、四台、猛スピードで走ってきた。真黒い大型トラックがあっという間に近づいた。トラックのボンネットには蔵文、チベット文字と、車番号だろうか、チベット数字が白く記されていた。止まったブルーバードの三倍の高さもあるトラックがすれ違ったとき、フロントガラスには、乱れた黒髪の下で、漢民にはない男たちの銅色の大きな顔がはっきり見えた。そして一台ずつ、お守り代りにぶら下げた、菩薩が人に変わり、また亡くなりまた生まれ変った子供の、朱色の法衣に円錐形の黄色い帽子姿の活仏の写真が光っていた。

草原の上を渡る一瞬の嵐の勢いで、三台、四台のトラックが北に向って過ぎ去った。

かれはポケットの中から百元札を取り出して、あなたたちの参拝を祝う、とすこしこそばゆい気持ちでさし出した。

五十男がおどろきの表情もなく、黙って衣のふところに百元札をさしこんだ。五体投地の巡礼は人から祝福されるものなのだろう、とかれは想像した。

ブルーバードがまた走り出したとき、かれも漢民族の友人も、十キロ分の時間、黙りこんだままだった。その間に友人が襟の中に手を入れた。それで胸をあたためているようだった。やはりチベット高原にいるのだ、車の中も確かに寒かった。

新宿の部屋から持ってきた、日本の旅行会社が作った地図をかれは一人で広げてみた。異質に見えはじめた島国の当用漢字で記された地名をたどると、百五十キロ先には黄帽派の名刹があると分った。

短いことばでそれを伝えた。

新宿の部屋から、かぎりなく西へ来てしまったのだ。また簡単な中国語でそのことを言うと、友人が、一様《イーヤン》、同じ気持ちだ、と言った。午後の強い日差しが照り渡る西の草原には、新宿も山東省ものみこまれていた。

フロントガラスの中に南方の山脈が見えはじめた。チョークで描かれたようにやわらかく、輪郭のぼやけた山脈だった。日が暮れるまでに山脈の奥にある寺院に着こうと、ブルーバードは速度を上げた。

国道が急な登り坂となった。間もなくしてすっかり黄ばんだ草におおわれた小高い山の頂のすぐ下を通った。右側も山頂、左側も山頂、また雲にのみこまれまた雲からはき出されながら、青い鳥は山頂と山頂の間をすばやくくぐりぬけて行った。

「ティエン・ルー」と友人が言った。友人の声を聞いて、「天路」という漢字がすぐに浮かんだ。天に近いチベット高原の道をそのように言うのか。

国道から分岐した参道に入ったあたりで、旅行者たちの車が急にふえた。中には北京ナンバーや上海ナンバーもあった。それでスピードを落とすこともあったが、なんとか夕暮の前に谷間の小川にそった門前町に着いた。

その日の最後の日差しがまぶしく、商店街にさしかかったところの中国語の案内板はよく読みとれなかった。運転席にいる友人が、四百年の歴史のある黄教の大寺院、標高三千六百メートル、と告げて、谷間でもそんなに高いのか、まるでラーサと同じじゃないか、とつぶやいた。

さえぎる高い建物がなく、商店街の途中で日差しがさらに強くなったような気がした。頂上がすでに雪を冠している山々に傾いた西日が、ブルーバードの窓すれすれにあふれた歩行者たちを照らし出した。村の狭い道にフラッドライトがつけられたようだった。

その光が紫色の前垂れを着けたチベット人の中年女の、煩悩の数と同じ百八回編んだ長い後ろ髪に当たり、若い男たちが衣の帯にさした短刀の宝石におおわれた柄《つか》に当たった。その光が漢民族の中年旅行者たちの首から下げられて出っ腹にはねるニコンやペンタックスの一眼レフを照らし、人民武装警察の軍帽の赤い星と、「ロンリー・プラネット」を読みながら歩くバックパッカーの金髪をぴかっと輝かせた。

そしてその光が、商店街の横の路地の中まで流れこみ、そのつきあたりで一人で佇んでいる背の高い僧侶の法衣を、炎の色に変えてくっきりと浮かび上らせたのであった。

車を下りてみないか

とかれは言いだした。

乱《ルアン》！

友人の口調にはめずらしく恐怖がすこし感じられた。

ここは色々な民族が入り交じって、乱れている。昼ならかまわないが、もうすぐ夜だ、誰もいなくなった車は不安だ。だからパスポートを車に置いて、一人で下りなさい。

路地の入口に車を止めた。パスポートを友人に渡し、車を下りたとき、薄い空気の中で足がふらついた。ゆっくりとした歩調でアスファルトがひび割れた路地に入った。まもなく背の高い僧侶の前にたどりついた。

僧侶は丸くて大きな顔をしていた。顔の色は、漢民族と違う、とかれは思った。西日を受けて光る銅の円盤のようだった。

僧侶に対して、合掌のあいさつをした。

僧侶は、これといった表情もなく、合掌で応えた。

僧侶のすぐうしろの店の看板に書かれた、唐卡《タンカ》、その下にཐང་ཀという文字が目に入った。

店の窓には、黄金とエメラルド色、鮮やかな青と漆黒の大小の仏画が並んでいた。

銅の円盤から、声が出た。

ニーシャンフォーマ

漢話《ハンファ》だった。

你想仏吗？

あなたは仏を想うのか

という意味だった。かれは不意を打たれた。

仏教徒ではないから想うといえばうそになる。だけどここへ来て想わないのもうそでしょう。

よく分かりません、とかれは答えた。

西日のまぶしさがおとろえて、円盤が壮年の男の、細部のある人間の顔になった。仏画をじっと見入っているかれに、すべて私が画《か》いた、と言った。画いたというその銅色の手で店の中へかれを招いた。

間口の狭い店は、奥行きがあった。西日はその奥まで届かなかった。電気がなかった二十年や三十年前と変わらないだろう、隠者の庵を思わせる薄暗い空間の、壁という壁には黄色い帽子を冠したラマと、艶やかな緑色の女神と、紺色の顔の釈迦を描いた唐卡《タンカ》が掛かっていた。

こちらは、ルー、デー、モ、こちらは、ツォンカパ、こちらは、シル、ジヤ、ムー、ニ、と僧侶が母語ではない分ゆっくりと発音する漢話《ハンファ》の説明を聞きながら、かれは唐卡《タンカ》を次々と眺めた。

代る代る目に映る色彩の肖像画は、どれも人物ではなく、仏と神なのだ。かれを囲んでいたのは、人の表情ではない。人の物語ではない。どの絵にも画家の名前は記されず、個人の印も押されていない。

一番奥の壁に、かれにも観音菩薩だと分った、一枚の黒い絵がぼおっと現われた。

黒卡《ヘイカ》、と僧侶が静かに言った。

奥の暗闇の中で菩薩の白い顔が浮いていた。

かれは思わず立ちつくした。「観音《グアンイン》」と告げる僧侶の低い声がわずかにこだました。

黒と灰色の高座、黒とわずかな黄金の後光、幾重もの黒色につつまれた細長く白い顔をかれはじっと見入った。

見入っているうちに、友人の普通話《プートンフア》もチベット人の漢話《ハンフア》も、すこしずつ頭から消えていった。若い頃に愛読していた島国の作家のことばをかれはふっと思いだした。漠然とした記憶の中で、「陰影の世界」が甦り、光を排除した家の「闇の奥に女人」が描かれていた。暗闇につつまれた「女人」の顔の白さに至上の美が宿る、とそのような意味の日本語だった。

黒卡《ヘイカ》を買いたい、持って帰りたい、と意識が中国語にもどって言った。新宿の部屋に、とは言わなかった。

黒色の中の白い顔から目が離せない自分を、僧侶がにらんでいるのにかれは気がついた。

ニーシャンフォーマ
で始まった、早口でアクセントの強い漢話《ハンファ》が流れた。

よく聞くと、あなたは信心で買っているのか、それとも美意識で買っているのか、と僧侶がかれに聞いていた。

文化への尊敬、いや畏敬、とはうまく伝えられず、おどろきで買っている、と下手な普通話《プートンフア》で答えた。

ポケットの中から二千元を取り出した。薄い光の中でピンク色の百元札の、毛沢東の横顔を僧侶が銅色の太い指で二十回確かめ終わると、掛け軸のように黒卡《ヘイカ》を巻き上げて黄金の布でつつんで、かれに渡した。

普通の絵と違う、汚してはいけない、という僧侶の厳しい声を耳にして、かれは店を出た。

路地がすっかり夕闇につつまれていた。見えない方向から女の高らかな蔵文の声と、何語ともつかない子供の笑い声が聞こえた。闇の中でその輪郭がぼやけたブルーバードを見分けると急ぎ足になった。

3

朝にホテル前を出発したとき、淡雪が降っていた。チベット人の参拝者たちが寝泊りする、日本語で木賃宿といっていたものか、安い宿泊所の木造の壁の上を雪が細い縞となって流れていた。この大陸に渡るようになる前に、かれがよく訪れていた島国の山奥の温泉街に降るやわらかで静かな雪に似ている、と思った。

唐卡《タンカ》と数珠と短刀と誕生石を売る商店街がつきると、そこは大寺院の山門だった。島国の名刹と違ってそれほど高くもない山門をくぐると、ブルーバードの窓という窓に僧侶の姿が現われた。三歳や四歳の子供たちも、白いあごひげの老人も、一様に朱色の法衣をまとっていた。

僧侶にぶつからないように、ブルーバードは徐々に、境内の奥へと動いた。奥へ入れば入るほど僧侶がふえた。

その声がブルーバードのまわりで大きくこだました。

ぜんぶ、蔵文《ツアンウエン》だ、と漢民族の友人が呆気に取られたように言った。

チベット語による真剣な議論と、チベット語によるふざけた冗談話。

青年時代から四十年も島国の言葉の中で生きていたかれは、急に耳を満たした異なった音をただ面白く聞いていた。

ぜんぶ、蔵文《ツアンウエン》だ！

漢民族の友人の口調にはおどろきの他に、ある種の苛立ちも感じられた。たぶん、はじめて、自分と同じ国の中で方言より異質な、右からも左からも寄せてくる不可解な声の波にさらされた。最初はしかめっ面、その表情がやわらぐと顔中にとまどいのしわが寄った。

石造りの京都を想像させる、白い石の壁を固めた僧侶の住居がつづいた。坂道に入り、ゆっくりと僧侶の間を抜けて、巨大な寺院にあっという間にたどりついて横の空地にブルーバードが止まった。

雪はすでにやんでいた。かれはパスポートをジャケットの内ポケットに入れて、友人といっしょに車を下りた。

大寺院の前に、༄༅།ཨོཾ་མ་ཎི་པདྨེ་ཧཱུྃ།と書かれた白い几帳《きちょう》が吊られていた。朝の念仏がすでに終わったようで、大寺院には大きな錠がかかっていた。

大寺院のまわりに、四、五百人だろうか、チベット人の参拝者たちがコーラと呼ばれるお参りの列をなして、黙々と時計まわりに歩いていた。黄色と灰色と、中には藍色のシルクの、正装の長い衣に色とりどりの帯を巻いた、すべて蔵民の、石だたみを踏む何百もの運動靴の足音だけが聞こえた。

かれと漢民族の友人だけが動かないで、ぼう然と立っていた。かれらにかまわず、時計まわりの行列は止まらなかった。

友人がとつぜん動きだした。

列に割りこみ、歩きだした。おどろいたかれはためらいがちに、うしろから追うように歩きだした。列につき動かされて、歩調を速めた。長い衣の五、六人を追い越して、友人のすぐ背後で歩きつづけた。

寺院の巨大な石の外壁の下で、友人はかれを振りかえりもせず、黙って歩きつづけた。大寺院の外壁が曲り、参拝の行列も曲ったそのあたりで、友人がシャツの襟の中に手を入れているのが見えた。

友人が胸元から薄緑の小さな物体を取り出した。そしてそれを頭上に持ち上げた。

何ですか、とかれはすぐうしろから聞いた。

友人はかれを無視した。わずかに光る薄緑の小物を上に指した。

お前には分からない、だから聞くな、といわぬばかりに、友人は歩調をゆるめずまっすぐに動きつづけた。

すぐうしろから、友人の肩越しにのぞくと、小物は翡翠の観音菩薩だった。

人民解放軍出身の、共産党員の友人の口から、ナーモー、ナーモー、という音が流れていた。

ナーモーアミトーフォー、を二回、三回聞いていると、かれの頭の中で南無阿弥陀仏という漢字が浮かんだ。

茶色の髪のかれと、漢話を一人で唱える友人に、参拝者の二人か三人が立ち止まって振りかえったが、すぐに忘れたようにまた一直線に動きだした。友人の声も、やがては五百人の沈黙と、衣擦れの音と、四百年踏み慣らされて窪んだ敷石に当たるにぶい足音にのみこまれていった。

山門から上ってきた道が、大寺院のうしろでは急に細くなっていた。時計まわりのコーラが終わったときにかれが細道を指して、

奥の院、
に当たる中国語は知らないから、

また別の寺への道なのだろう、

と言うと、漢民族の友人も興味がわいたようだった。元々は人と馬とヤクしか通れない、たぶん今世紀になってはじめて舗装された狭いアスファルト道にブルーバードがかろうじて入れた。

大寺院を離れると僧侶も参拝者も少なくなった。木造と色あせたレンガの小屋を通りすぎて、それから細道のそばは見渡すかぎり人も建物もなくなった。朝の淡雪のしみがまだ残っているフロントガラスには、夏の緑とも秋の黄金色ともつかない草原が波打つようにうねっていたが、草原のどこにもヤクも羊もなく、遊牧民のテントもなかった。

奥の院はどこにもない。

そう思ったとき、細道の勾配がすこしずつ上っているのを感じた。細道が、谷間を離れて山に入るかのようになだらかに曲った。そしてまた上りながらしばらくまっすぐに延びた。

ブルーバードの左側の窓には、ほとりに大小の白い落石が散らばる小川の渓谷が見えた。渓谷の向こうには天山《テイエンシャン》、と友人が感嘆をもらした、嶺という嶺がすでに雪できらめいている紺色の山脈が現われた。

そして右側の草原がうねるその先の、小高い山の頂近くに、何百もの祈りの小旗《タルチョ》が翻っているのが目に入った。

小屋すら建たず、人気のない高い場所に、祈りの小旗が、平らな台を囲み、輪をなしてかすかに揺れていた。

小山のふもとまでブルーバードがすぐにたどりついた。そして二人の好奇心によって、自然に止まった。

右側の窓から、無数の小旗で頂が色どられた山の斜面をしばらく眺めた。

あれが天葬の場所でしょう、とやがてかれは言った。

友人がすぐにうなずいた。一千年、生と死に思いをめぐらせたチベット文化にはそんな場所があるということは、大陸の人なら誰でも聞いたことがあるらしい。

大寺院のうしろの、人のいない山の頂に、日本語では鳥葬、中国語では天葬の台が設けられているということを、かれも確かに「ロンリー・プラネット」で読んだことがあった。

英語では sky burial、空の埋葬、死者がハゲワシに食べられて天へ消える。天そのものが墓となる。荒寥たる岩場をかれは想像していた。

私は行って見たい

とかれが言いだした。

そんなものを私は見たくない

と友人がきっぱりと答えた。

　かれは一人で車を下りた。

目の前には、草の中にわずかな踏み分け道があった。踏み出すと、朝の淡雪で土がぬれていた。かれはゆっくりと登って行った。小道の果てで紐から吊るされてはためく色とりどりの小旗は、島国の祭りの提灯みたいだ、という思いが頭をよぎった。「ロンリー・プラネット」に書かれている死者の道は、ちょうどこの道なのだ。家に安置された死者の背骨を折って二つ折にして、親族ではなく友人が、バックパッカーのリュックのように背負う。生者が死者をおんぶして、天葬の場所へとこの山を登るのだ。おぼろげな記憶の中から、死者がたどる天路《あまじ》という古い日本語が頭に浮かんだ。昔かれは the path to heaven と翻訳したこともあった。草の中のこの細い登り道も天路なのだろうか、と思った。

　二分ほど登ったところで空気が薄くなって、かれは立ち止まった。ゆっくりと振りかえると、ブルーバードが止まった細道の先には木造家屋が五、六軒だけの集落が見えた。遊牧民は遠くへ出かけたのか、家には人の気配もなかったし、囲いには動物もいなかった。ブルーバードの向こうの、落石が散らばっている小川のほとりからも、その背後の天山からも何の音も伝わらなかった。

　草原で生きて、最後はこの獣道を登る。ハゲワシの口に入り、そのハゲワシによって天へ持って行かれる。

その日は儀式が行われていないようで、天葬台のある山は静けさにつつまれていた。

ロンリー・プラネット、孤独な惑星！　孤独なのは地上なのだ、と一人で思い、また小旗に向って歩きだした。

小旗が徐々に視野の中で大きくなった。儀式の日に四方から飛んできたハゲワシがおびただしく、天が黒くなる様が心の目に浮かんだ。山頂がさらに近づいた。小旗に記された経文の文字が見分けられるような気がした。はためく文字の下の石の台がかいま見えた。

とつぜん、車のエンジン音が聞こえた。

滑りやすい土の上でまたゆっくり振りかえると、下の細道に一台のミニバンが走ってきた。そしてブルーバードのすぐうしろに止まった。ミニバンから八人が下りて、小道を登りはじめた。

何人かの声がかれの耳にとどいた。

ラー、ケーラー

かれが立ち止まったところに向って、八人が薄い空気にあえぎながら動いていた。一人一人の首から一眼レフがぶら下がっている。死者の山の静けさを明るい音が破った。

ケーラー、ノンラー、チェスラー

草原の上で上海語がこだました。

蔵民のガイドを先頭に、上海人の行列が登っては立ち止まり、立ち止まっては、銀座で買ったのか秋葉原で買ったのか、ニコンとペンタックスとソニーの黒い望遠レンズを、天葬場に向け、山脈に向け、またしばらくすると登りだした。

かれが立っているあたりにやってきたとき、外国人だ、という意味だろう、そんな上海語を一人が大声で言いだした。

かれは何気なく背を向けた。視野いっぱいに小旗が翻っていた。

耳のうしろで、声が大きくなった。

またぬれた土の上で注意深く振りかえると、八つの望遠レンズがギラッと光り、中年男女の団体が目の前に立っていた。

ペンタックスをぶら下げた中年男が、普通話《プートンフア》に切り替えて、「国家《グオジア》は」と聞いた。

「美国《メイグオ》」と答えた。「常住在日本《チャンジュツァイリーベン》」とは言わなかった。

ニコンを持った中年女は、美国《メイグオ》はきらいだ、と言った。複数の笑い声が草の上で鳴り響いた。

その脇にいる小太りの中年女が口をそろえた。テレビ・ニュースで言っていた、美国《メイグオ》と日本《リーベン》が陰謀をして私たちの島を盗もうとしているんだって。

天葬場までうねる草を見渡しながらここには島は一つもない、とかれは返事をしようとしたが、黙った。

もし毛沢東がいれば、美国《メイグオ》も日本《リーベン》もそんなあつかましいことはできないでしょう。中年女が、誰にも明白な事実を述べるように、そう言った。

毛沢東は偉かった、とうしろの方でまた男の声が起きた。また七人の笑い声がそれに合唱した。

毛沢東は、偉いでしょう、と誰からともなく、からかっている声がかれに向けられた。かれはぎこちなく、一歩うしろへ下がろうとしながら、頭の中で普通話《プートンファ》を準備した。

毛沢東は、

と言いだした。

歴史上、まれに見る

足下の土が急にやわらかくなった。

戦略的な

かかとが浮きだしたのを感じた。足場がわずかにずれた。

天才だった

と言ったとたんに、小道が動き、小旗がはためく天葬場が傾いた。転んでいる、と意識した瞬間、天が外れた。向こうの紺色の山脈がひっくりかえった。頭上に次々と黒い鳥たちが飛んできた。途中で我にかえり、頭が当たらないように体を曲げた。ぬれた土から突き出した尖った石に肩がぶつかった。

　体の奥から、自分でも何語なのか分らない、それまで発したことのない叫び声が上った。

　その叫び声が東西南北、高原の山という山にこだました。

　目をとじてはまたあけた。あけたときに草と土と小旗に記された祈りの文字が映り、自分を見下ろしている上海人のつるつるとした顔にはあわれみもうかがえた。

　山のふもとにブルーバードが小さく見えた。ブルーバードのドアが開き、友人が小道の上を走り出した。

　かれは立とうとして、小道の土をつかんだ。無理をしないで、という中年女の声がとつぜん優しくなった。

　友人がすぐにかれのところにたどりついた。自分で動くな、と命じて、土と泥にまみれたかれを抱え上げた。

　そして白人の、体の大きいかれを友人が背にのせて、ゆっくりと歩きだした。

　かれは二、三回また叫び声を発した。そのつど友人は、仏《フォー》は、来るな、仏《フォー》は、まだ早すぎるから近づくな、とあなたの足を止めた、とかれをたしなめた。そういうことだろう、とつぶやき、友人がかれをおんぶしながら、死者の小道を逆行して、山のふもとで光っているブルーバードに向った。

西の蔵の声

——世界の屋上で、かれらはきわめて高度な文字を作り上げた。一千年あまり、ひたすら生と死に思いをめぐらし、その文字をもって主に仏典をつづりつづけた。かれらは詩を書くこともあった。しかし、日本や中国のように小説を生み出すことはなかった。

チベット・ガイドブックの一節

1

夢の中でかれは胎児に戻った。手も足もひれ状となった自分の小さな体が、母体からの栄養が足りないのか、さらに縮んで行った。胎児の自分すら消えてしまいそうになったところで、これは夢であると気がついた。yume という文字が現われた。yume no ukihashi、と島国のことばなのに母語の文字が増えて、やがてはyume no ukihashi todaeshiteとなった、その瞬間にかれは目が覚めた。

どっしりとした石の壁に囲まれていた。闇の中で、息が切れていた。

二回ほど、息を吸おうとしたが、息が入らなかった。

最初は、還暦も近いのにまだ禁煙をしきれていない、そのつけが回ってきて、呼吸ができなくなった、と思った。

その次の瞬間、空気そのものが薄い、と感じた。空気が、何かを出し惜しみしているようだった。自分を包みこんでいる空気という母体から実際に酸素が取れなくなっている、と分った。

かれは恐怖を覚えた。もう一回、深く呼吸をしようとした。とだえしてとだえして、と島国のことばのままで音が脳裏をかけめぐった。

かれはベッドの中で起きようとした。その動きに時間がかかるのに驚いた。空気の断崖を手で摑んでよじ登るように、少しずつ上半身を起こすことができた。エベレストの山頂近くは登山者の死体だらけ、という英語のガイドブックの一文を思いだしながら、酸素が薄くても黒さだけは変わらない、まわりの闇を見渡した。

幾重もの黒さのその奥に黄金色のものが浮いていた。細長く円筒形の物体だった。その前日、南方の寺院の僧侶から買った、黄金色の布につつまれた唐卡《タンカ》だった。僧侶自身が画いた菩薩の絵だ。

信じていない、少なくとも、僧侶が信じるようには信じていない、なのに部屋の闇の奥にある、黄金の布につつまれた菩薩の白い顔を思うと、そのことに力づけられたように、手をさらに動かした。長い時間をかけて、指がつめたい石の壁に触れて、電気のスイッチに当たった。

また息が切れた。もう一度深く呼吸してみた。相変わらず空気が足らないのに部屋が急に明るくなったのを不自然に思い、淋しさも感じた。

天井に、うずまく雲のようにも飛び立った天使の翻る羽のようにも見える濃厚な色彩の模様が現われた。ざらざらした石の壁、それに壁画を想わせる模様が画かれているチベット式の部屋を、「古墳の中で寝ているようで、怖い」と漢民族の友人は言って、下の階の洋式のシングル・ルームを選んだので、近くにはいなかった。

ベッドの隣のテーブルの上に置いためざまし時計は三時半を指していた。

あわてると息がさらに苦しくなる、だからまたゆっくりと手を動かして、時計の隣にある小さな薬瓶を指で摑んだ。

薬瓶のラベルに画かれたポタラ宮殿のイラストと、その下に記された、

人民解放軍　西藏地区

という文字を、確認するようにじっと睨み、それから薬瓶を開けた。

寝る前にかれはすでに薬を二錠飲んでいた。あれから三時間しか経っていないのにもう一度飲んでいいのか少し迷ったが、漢方薬だから飲み過ぎの心配はないだろう。薬瓶を口に当てて、また二錠をぐいっと飲んだ。

ホテルのフロントで二十元で売ってもらったとき、軍用だからよく効く、若い軍人だって最初は高原反応《ガオユアンファンイーン》でふらふらになる、と女店員に言われた。高山病のことをそう言うのか、と思って薬瓶を握りながら重い足で二階の部屋に上った。

フロントの壁に掛けられたきらびやかな法衣のパンチェン・ラマの写真が目に浮かんだ。パンチェン・ラマの写真の下で、薄い衣を着けた銅色の顔の女店員が、アクセントの強い大陸の標準語でかれに言った。もし反応が出た場合、絶対に眠ってはいけない、とにかく起きて日の出を待つのですよ、と言っているようだった。高い襟の民族衣装を着た女の口調は、漢民族よりも島国の宿のおかみさんに似ている、とかれは思った。

寝ている間にそのまま逝っちゃう人もいますからね、特に老人《ラオレン》は、という意味も、そのときかれは聞き取った。

突然明るくなった部屋の中をかれは警戒の眼差しで見渡した。ベージュ色のカーテンに視線が止まった。古墳には窓もカーテンもないだろう、とかれはひとまず安心した。

カーテンの外からは光も漏れず、音も流れて来なかった。夕方まで大寺院の門前大通りでぞろぞろ歩いていた朱色の法衣の僧と色鮮やかな衣の参拝者の、漢民族の友人が蔵文《ヅアンウエン》と呼び、かれがここへ来るまではチベット語と呼んでいた声がとっくに消えて、足音は一つもなかった。

部屋の中も外も静まりかえっていた。音のない世界を、暁まで過ごすのか、と思った。

そしてもう一度、息が切れた。

石の壁に自分の喘ぎがこだましているのが聞こえたような気がした。

かれはもう一度恐怖に襲われた。一階の部屋で寝ている漢民族の友人を起こして、友人のブルーバードで人民医院に連れて行ってもらおうか、と思い立った。あるいはブルーバードで国道に戻り、標高一千メートル下にたたずむ回族《ムスリム》の町へ避難し、ミナレットの上で充満している空気を満喫しようとまで考えた。

その時、カバンの上に置いた金属のボンベが目に入った。その日の午後に寺町に向かって山を登っていたブルーバードが雲に入り、最後の峠を越えようとしたつづら折りの山道で友人があけた酸素ボンベだった。

かれはゆっくりと毛布を外して、ベッドを出た。立ち上った瞬間、足がふらついた。空気になぎ倒されるような気がしながら、重い足取りで何とかカバンまで歩み寄った。

細長いボンベは手に取ってみると、軽いものだった。ボンベのラベルには青いヒマラヤ山脈と、「氣」という大きな文字が印刷されていた。蓋を開けたままのボンベを自分の口と鼻に当てて、「氣」を二回三回と深く吸いこんだ。

ひっそりとした部屋の中でスーという音が響いた。

少年時代に泳いだプールの塩素にも似た匂いと味が鼻孔と喉を通った。

「氣」という文字が部屋の中で浮いていた。

軍用の漢方薬と違って、「氣」は即座に効いたようで、ボンベを置くと、さっきより確かな足取りでかれはベッドの方に戻ることができた。


ベッドの上で上半身を起こしたまま、かれは夜明けまでの三時間をじっと待つことにした。「氣」を吸って恐怖は和らいだが、三十分経つと今度は手持ち無沙汰になった。たばこは論外だった。成田空港で買ったニコチン・ガムを齧るのもためらった。

前日にいくつもの峠を越えてきた疲れが残っていた。眠ってはいけない、と思っていても、何度か断続的な吹雪のような眠りに襲われた。そのたびに頰をたたき、自分を奮いたたせた。

四時になってもカーテンのあたりには光のきざしはなかった。まわりの客室は寝静まっていた。「涅槃大飯店」、その下に“Hotel Nirvana”、そしてかれには読めない蔵文が記された薄い木板のドアをじっと見た。ドアの外も、長い廊下や昨夜に喘ぎながらたどりついた階段の踊り場もしんとしていた。

もう一度「氣」を一服深く吸ってからゆっくりと起き上った。カバンまでの四歩を歩き、カバンの中からガイドブックを取り出した。冠雪した山のふもとでヤクを引く遊牧民の女の写真を表紙にしたペーパーバックを、床に落とさないよう力いっぱい握って、またベッドまでもどった。

硬くなった指でやわらかな書物のページを捲った。黄帽宗と紅帽宗の名刹の案内文にざっと目を通して、最後の付録にたどりついた。「実用チベット語会話」という章だった。ページの中から知らない文字が飛びだした。

འདི་ག་རེ་རེད།

What is this?

འདི་དགོན་པ་རེད།
This is a temple.

གཡག་འདུག
There are yaks.

ཁོངབླ་མ་རེད།
He is a lama.

これは何ですかこれはお寺です、と頭の中で島国のことばで復唱しはじめたが、ポタラ宮はどこですか、儀式は何時に始まりますか、まで続くと、顎が痛くなるほど大きなあくびを漏らしてしまった。瞼が重くなり、ページの上で文字が溶解しだした。

頭の奥から眠りの雪崩れが押し寄せてきた。

かれは慌てて書物を閉じて、ぶっきらぼうに投げた。遊牧民の女は薄い空気の中を飛び、脇のテーブルにぶつかった。ヤクがあります、と一人つぶやいた。座ったまま、天井にうずまく濃厚な色彩をなるべく意識しないように、カーテンのあたりをじっと睨んだ。
五時になった。かれはまた立ち上がり、ベージュ色のカーテンを開けてみた。外は真っ暗だった。

五時十五分にはホテルの中のどこかで足音が聞こえるような気がした。五時半になった。窓の下の道からわずかだがまぎれもなく声が聞こえてきた。たぶん、蔵文の声だった。声だけでは大気に酸素は生まれない。光合成が必要だ、フォートシンセシス、光がほしい。

また十分が経ってから、遠くから合唱のような低い音が微かに耳に入った。これも標準語ではなさそうだ。大寺院の奥から暁の念仏の声が聴こえてきていたのか。何となくラーに聞こえて、何とかレーに聞こえた。ラーもレーもうねるようにくり返し、かれの耳に届いた。ミラレパと同じ、歴代ダライ・ラマと同じ、西の蔵の、蔵文《ぞうぶん》、くらのふみのこえ、と聞いているうちに島国のことばで興奮した。その興奮の後に重々しい疲労が頭にのしかかり、ベッドの中でうしろへ倒れかかった自分をまた奮い立たせて、またまっすぐに視線を注ぐと、カーテンのベージュ色がわずかに明るくなったような気がした。

幽かな光だった。島国のことばでは未明と言うのだ。だから安心するのはまだ早すぎると思って、カーテンをじっと見つめた。

カーテンが掛かっている窓の下の道から、漢とも蔵ともつかぬくぐもったささやきほどの声が一つ二つ起きた。

明るさがわずかに増した。

間もなく大気に光がみなぎり、酸素が増してくるのだ。

万が一のことを思って「氣」をもう一服吸った。細やかな光線がカーテンに揺らめいているのを見守りながら、上半身がゆっくりとうしろへ倒れて頭が大きな枕に着地する、そんな自分をついに許してしまった。


閉じた目の裏では幽かな光がしばらく揺らめいていた。そのうちに窓の輪郭がぼやけて、カーテンのベージュ色もあせ、すこしずつ淡い白色に変った。カーテンのぶ厚い質感が徐々になくなり、朦朧としたかれの頭の中で、いつの間にか薄い紙になり障子に変った。

もう大丈夫だ、寝ても大丈夫だ、と島国のことばが響いた。見ているうちに光の力が増した。窓の下からは蔵文も漢文も消えて、島国の都会人たちの声が聞こえてきた。障子の白い紙一面にやわらかな光が広がっていった。

障子を通して流れこんだ光が畳の黄ばんだ表面を渡った。新宿の光だった。地下鉄の駅に通じる道から聞きなれた声が路地の奥の家の、二階の和室に届いた。和室の真中あたりの、座卓の前にかれは座っていた。障子から流れこんだ光が座卓の上に散らばった原稿用紙に届き、途中まで埋まったその文字群を浮かび上がらせていた。

光は力を増し、酸素が体中に漲った。そして空気が入った風船のように新宿の部屋の心象が膨らんだ。大陸への旅に出発した三日前まで、かれはその部屋にいた。新宿の光が、淡いのにとめどなく、細かい木の枠に仕切られた障子紙を通して流れこんでいた。

一畳の隣にまた一畳が続いている。細長い八畳の和室には、初秋に枯れた草原のように黄ばんだ畳がうねっていた。畳の次にはまた畳、そして最奥の畳のその先には、押し入れの襖が浮かんだ。

襖の上には大きな掛け軸が掛かっていた。掛け軸は山水画ではなく、観音菩薩を描いた唐卡《タンカ》だった。

その前の年に買った、僧侶の手による仏画だった。黒卡《ヘイカ》、と僧侶が言っていた。黒と灰色がうずまく背景の中、漆黒の高座に座す真っ白な顔の菩薩から、金の細かい線条を織り交ぜた黒い後光が射している。

襖はしまったままだった。押し入れの中には、また違った大陸の文字で書かれた書物が入っていた。かれが若い頃に大陸の東海岸の大学で読みはじめた島国の歌を、yume も akatsuki もローマ字で綴り翻訳も載っていた教科書があった。かれが西海岸の大学の先生となった頃の講義ノートもあった。二十年前、母の反対を押しきって辞職して島国に渡り、新宿の部屋を見つけた頃の、鷲のマークのついた古びた期限切れの紺色のパスポートもあった。法務大臣の印が押された永住許可の通知もあった。そして押し入れの一番奥には二年前の母の葬儀のあとにワシントンから持ち帰った書類を仕舞いこんで、それから一度も押し入れを開けたことはなかった。

襖の上に掛かった菩薩の白い顔が新宿の淡い光を受けて、路地の奥の、日当たりの悪い和室の中でにぶく光っていた。

閉じた目の裏で菩薩の白い顔がしばらく浮かんでいた。カーテンのあたりからぬくもりを感じて、酸素が増えた空気を貪るように吸いこんでいるうちにその顔も消えうせて、菩薩の背景の、ひたすら黒と灰色がうずまく中へかれは快く吸いこまれていった。

2

横丁のすぐ上で白雲が動くと空がギラッと光り、軒を並べた露店の看板の入り組んだ文字と、狭い歩道でぞろぞろと行き交う聖者たちと俗人たちが一斉にくっきりと浮き彫りになった。横丁のわきに停まっていた山東省ナンバーのブルーバードを見つけてかれはすぐに乗りこんだ。横丁の真中を堂々と歩く、長い衣の帯に宝石をはめこんだ短刀をさした青年の群れを見ると若衆という島国の呼び方を思いだした。かれらにぶつからないようにブルーバードは慎重に走りだした。理髪店と食物店と仏具店を過ぎ、ＣＤショップをゆっくりと通り過ぎた。ＣＤショップの前では、金髪もいれば羊飼いもいる、「西蔵ＤＪ」の人気歌手たちの集合写真のポスターが目に入った。マーとラーとキェーの、かれには不可解の音の連続、蔵文のヒップホップの中から「ポタラ！　ポタラ！」だけが聞き取れた。

　蔵文の歌だ、と漢民族の友人が感嘆した。

　西蔵のその蔵が、民族の名前になり、かれらが話す言葉の名前にもなっているらしい。おまけに漢民族が「中文を話す」というのと同じように、「蔵文」は日常的に話し言葉をも書き言葉をも表しているらしい。最初、ブルーバードが西の草原を走りだしたとき、「チベット人」と「チベット語」をそう呼ぶことは、かれにはよく分らなかった。が、友人が頻繁にそんな言い方を口にするし、草原で出会った当のチベット人たち自身もそういうのだから、二日も三日も経っていると、かれの耳もそれに慣れて大陸の現実も感じられた。そして「蔵民」を島国のことばで受け取ると、宝をいっぱい詰めた蔵の民と蔵の文となり、豊饒な想像をかき立てられることもあった。

　ブルーバードは紺色の仏画をウィンドーにかざした唐卡《タンカ》店を過ぎると、さざ波がきらめいている小川の石橋を渡り、大寺院の周辺に渦状に沿った省道に入った。

大寺院のかなたに広がる大草原を行き渡ってきた光がブルーバードのフロントガラスに強く当たった。その眩しさで道の前方が見えにくくなったので、運転する漢民族の友人はさらに速度を下げた。

フロントガラスの中からは、大草原の方角から次々と流れてくる車が見えた。その途中で中型トラックが三台も四台も現われてはゆっくりとすれ違った。トラックの荷台は全部暗緑色のカンバスの覆いが付いていた。

あれが軍のトラックなのか、とかれは聞いた。

山東省の農村生まれで青年時代に人民解放軍に入隊した友人は、軍用トラックの運転もしたことがあった。

いや、違う、民間車だ、と友人がきっぱりと答えた。

かれは振りかえり、うしろの窓を見た。すれ違ったトラックは、どちらも荷台の中に、民族衣裳をまとった白髪の老婆がぎっしり乗っているのが見えた。一台に二十人はいる。大草原のどこからか乗りこみ、トラックの中の夜に何日も耐えてきた大寺院への参拝者たちなのだろう。そしてうしろの窓に映った老婆たちは、聖域にはまだ着いてもいないのに、荷台のへりから上半身を危なく突き出して、憑かれたように五体投地の仕草をくり返しているのであった。

また一台、また一台とトラックがすれ違い、その騒音の中で老婆たちが、口々にたぶん真言だろう、何かを唱えている声が聞こえてきた。

ひたすら輪廻を念じて、大寺院に近づいたというだけで体を突き出して祈る老女たちの姿を見ると、朝まで生きながらえた自分の喜びがなんだか滑稽になった。

大草原の方からまた閃光がフロントガラスに当たった。ブルーバードの中に光が漲った。ブルーバードは光に圧されたようにまた速度を下げた。

眩しい、とかれは思わず島国のことばでつぶやいた。そして目をつむった。光が目蓋を打ちつづけているのを感じた。

一度目をあけて友人に「小心《シャオシン》！」と気をつけるように言った。友人は「没事《メイシル》」と答えた。安心しなさい、ゆっくり走るから。

かれは再び目をつむった。

目の裏で光が和らいだ。高原の日差しが少しずつ薄れて、そのうちに新宿の光となった。新宿の弱々しい光が、秋の草原の色をした畳の上を渡って、白い障子に当たっていた。

かれは障子を睨みながら友人と電話で話していた。「莫言の場所——山東省で生まれた世界文学」の取材で翌週は青島へ行く予定の変更を伝えていた。急に、ワシントンで、母が危なくなった、だから山東省へはいけない、と大陸の簡単な標準語で言った。

その日にかれはいつもより慌ただしく新宿の部屋を出て、成田エクスプレスで空港に着いた。飛行機が離陸すると、この数年間とは反対方向の、かれが生まれたあちらの大陸に向った。若い頃はくり返し母の家のあるあの大陸を飛び立ち、島国に渡りつづけていた。

十五時間後にタクシーに乗り、ワシントンの郊外にある老人ホームの、母の部屋にたどりついた。親戚たちが帰ったあと、部屋はしんとしていた。外交官の父と結婚していた時代に、台湾の国民党の要人からもらった山水画と、同じ頃に買ったに違いない、浅草の雷門の版画が掛かっている壁の下の長椅子にかれは座っていた。

母がかれの新宿の部屋に掛けたときに使っていただろう、チークのテーブルの上の電話に手を伸ばした。老人用に記された大きな数字のボタンをじっと見て、やがては母がしたのと同じように8と1を押した。

東京、続いて横浜に電話を掛けた。二つの長い電話を終えてから、ついでに8と6を押して、山東省にかけた。

ママは、とかれは言いかけて、それから黙りこんだ。

不在《ブツァイ》？　と聞く友人の声がかすかに響いた。

不在《ブツァイ》、とかれは答えた。

そう答えながら、こんなときにそんな言い方をするのか、と思った。

その週の終わりに新宿の部屋にもどると、母の書類をすぐ押し入れの奥にしまいこみ、襖を閉めた。何日間も新宿の部屋にこもり、白色一面の障子を眺めていると「不《ブ》在《ヅァイ》」という言葉が何度も聞こえて、なかなか頭を離れようとしなかった。

母国をいくら旅立っても、異国の中でいくら生まれ変っても、結局は一度も旅立ったことのない人と同じように、いつかは何語かでこのような言葉を聞くようになる。

静まりかえった和室の中でそう考えると、この部屋にたどりついたのも、この部屋からさらに旅立ったのも、すべて無意味なことに思えた。

かれはしばらくどこへも出かける気にはならなかった。


ブルーバードが大きなカーブを曲っているのを感じて、かれは目を開けた。前にも後にも車が増えた。小型トラックがなくなり、白や黒のセダン車が多かった。四川省、陝西省、そして遠くは河北省や友人と同じ山東省のナンバー・プレートが大空の下で光っていた。すべては旅行者たちのマイカーだった。すれ違う車に乗っている人々の顔は、白人のかれの目にも何となく白く見えた。大陸の人に対して、そんなことを完全に見分ける自信もなかったが、みんな漢民族じゃないか、と言ってみると、たぶんそうだろう、と友人が答えた。

車がさらに増えた。ブルーバードがさらに速度を下げた。大寺院の入口に近づいたのだろうと思った時、ブルーバードがとつぜん止まった。狭い省道が旅行者の車で渋滞していたのである。

フロントガラスにはただセダン車の長い行列が映った。ブルーバードもそこで動けなくなってから五分が経った。列の前の方からクラクションの音が聞こえた。友人は、こんな大西部にも渋滞か、というような不平をもらした。

十分が経ったところで友人が外に出た。前の、四川省のナンバーのセダン車の運転手に話しかけているのがフロントガラス越しに見えた。渋滞の原因を聞いているのか、漢民族同士の会話が長引いていた。ひとりになったかれは、ブルーバードの中を見廻した。「高速公路地図」、ミネラルウォーターとインスタント・ラーメン、それに酸素ボンベ、そしてうしろの座席にある、黄金色の布に包まれた円筒形のものが目に止まった。南方の寺院で買った唐卡《タンカ》をトランクの中に仕舞うと汚してしまうから、そこに置いた。唐卡のとなりにはガイドブックが見えた。かれはうしろに手を伸ばして、ぶ厚いペーパーバックを取りだした。

雪山の麓でヤクをひく民族衣裳の女の写真を表紙にした本をすぐに開いて、夜中に読んだ付録のページを捲ってみた。あれは何ですか、という「実用チベット語会話」に再び目を通した。

ཁོང་འབྲོག་པ་རེད།

He is a nomad.

を読んで、かれは遊牧民です、と海抜三千メートルのアイデンティティを何となく島国のことばとして頭の中で復唱してからさらにページを捲った。

最後のページには「Easy Mantras」という項目が書かれていた。「やさしい真言」ということなのだろう。

遠くからまたクラクションの長い音が一つ、聞こえてきた。かれは打たれる銅鑼を想像した。

最も有名なのは、仏教主流派、黄帽宗の真言である、という意味の説明のすぐ後に、

༄༅།།ཨོཾ་མ་ཎི་པདྨེ་ཧཱུྃ།

という真黒い文字がペーパーバックの薄くて白い頁に現われた。その下には、

OM MA NI PE ME HUM

というローマ字が記されていた。

どこかで見たことのあるような言葉だと思い、オム・マ・ニとカタカナにして静かに自分の口を動かしてみた。

白ページの下の行には、真言の英訳が目に入った。

Hail to the jewel in the lotus!

そういう意味なのである、と書いてあった。

蓮に入った、いや、蓮華に入った、宝石、万歳！

陰と陽の究極的な統合は命を生み出す性愛の比喩でもあろう、という説明文を読みつづけた。この言葉は、何百年も唱えられて、チベット人なら誰でも知っている真言なのであ

る、という文章がつづいていた。

宝石、万歳！

とかれは言ってみた。

長い車の列の前方からまたクラクションの音が聞こえた。旅行者たちの苛立ちの音が刺激し合い、またクラクションの音が前にも後ろにもうるさくこだました。

騒音に対抗するように島国のことばの記憶をたどった。そのうちに「敬礼」という言い方をふっと思いだした。

蓮華に入った宝石、敬礼！

れんげにはいったほうせき、けいれい！　ともう一度口にしてみた。読めない文字の、分るようで分からない英訳の、さらに奇妙な和訳を、ブルーバードの中で一人で唱えた。

クラクションの音が少なくなった、と思ったらフロントガラスに映る四川省の車が突然動き出した。友人があわててブルーバードに戻った。

敬礼、敬礼！　とかれの口から出た最後の音がブルーバードの中でまだ響いていた。

友人はエンジンをかけながら、しかめっ面になった。また言い出したのか、また訳の分らない外国語をひとりでつぶやきだしたのか、とぼやいた。

不可解な音を漏らした自分が急にはずかしくなり、友人が気がつかないようにガイドブックをそっと閉じて、うしろの座席の、黄金の布に包まれた唐卡《タンカ》のとなりにもどした。

ゆっくりと走りだしたブルーバードが百メートルほど前へ進んだところで、きらめくフロントガラスの、その右側には黄金の塔が聳え、左側にはほうじ茶の色を思わせる枯れた草におおわれた小高い山が現われた。

山の中腹には色とりどりの点が無数に動いていた。ヤクの群れにしては明るすぎる。ブルーバードが山の下あたりまで近づくと、それがゆるやかな斜面を歩いている何百人もの旅行者だと分った。その大部分は大きな一眼レフを反対側の山のふもとに広がる大寺院に向けているのであった。旅行者たちの高笑いがとなりの山々やその間の谷間でこだましていた。

漢民族ばかりみたいですね、とかれは言ってみた。

お金だけの世界からやって来て、お金ではない何かを探し求めているんでしょう、と友人が半ば自分のことを指しているように、静かに答えた。

蔵民には文化がない、蔵民はバスの乗り方すら知らない、だから家畜同然にトラックの荷台に乗りこむのだ、とかれは二十年前、漢民族の中年男からそんな言葉を聞いた。だが、かれの友人は違う。そして今の若い中国人のバックパッカーの間ではチベット文化はきわめて「クール」だと思われている、とガイドブックにも書かれている。

またいくつかのグループのいくつかの高笑いが斜面でこだました。似たような笑い声を聞いたことがあるような気がした。大陸に渡るようになる前、いつか沖縄のビーチで聞いた本土の旅行者団体の高笑いをかれはふっと思いだした。あのとき、ヤマトンチューという言い方をはじめて耳にした。

そのことを友人に言いたくなった。しかし、大陸の八億人の農民の一人に生まれた友人には、新宿も青森も沖縄もみんな同じだろう、だから言っても通じないだろう、と諦めて、黙りこんだ。

小山の中腹には、三十メートルほどの高さの、周囲を石で固められた長方形の空間が見えた。一年に一度だけ、チベット正月の朝に巨大な唐卡《タンカ》が展示されるという。大仏画の巨大な「額縁」の中は、何ヵ月も生い茂ったままの草に覆われていた。

「仏《フォー》、不在《ブツァイ》」とかれがぽろっと言った。友人から二年前のあの日電話で言われて以来、はじめてあの言葉を口にしたのに気づいた。それっきり黙りこみ、山の中腹に視線をそそいだ。仏のいない空虚な枠の中には、旅行者たちもさすがに踏みこもうとしなかった。
山の真下に着くとブルーバードは急に右へ曲った。また橋を渡り、たぶん近年の観光ブームとともに設けられたのだろう、大寺院の広々とした駐車場に入った。
駐車場の入口近くに、新しそうな案内板が立っていた。そこには漢、蔵、そして英文の三つの言語が書かれていた。蔵文はとても読めないから、かれは漢字を見たりアルファベットを読んだりして、浮かび上った意味を新宿の部屋での長年の習慣として頭の中で何となく島国の文章に直した。

国家ＡＡＡＡ級旅遊名所
中国の名高い伝統文化であるチベット仏教の、三百年の歴史を誇る大寺院は、黄帽派六大名刹の一つで、その壮大な規模によって「東洋のバチカン」と賞賛され、また、宗教教育における最高学府として「仏教のハーバード」とも言われています。
入場料四十元・軍人、老人、障がい者は半額。

駐車場にはトラックは見当たらず、蔵民のマイカーやわずかな回民《ムスリム》の新車もあったが、大多数は漢民族の車だった。大空の下でセダン車とＳＵＶは光っていた。ブルーバードは入口近くの、トヨタと国産車のハバルの間に入って止まった。

　車を降りたとき、光が体に当たった。かれは少しふらついた。標高のせいかもしれないと思ったが、一歩車を離れようとしたとき、足の動きが光に遮られているようにも感じた。

　大空を見上げた。「藍天《ランティエン》白雲《バイユン》！」と友人がはじめて大西部に来たとき詠嘆をもらした大空は、一部が棚引く灰色に汚されているのに気がついた。よく見るとそれは駐車場のうしろの小院の壁の中から上っている煙だと分った。大空には香煙の匂いが漂っていた。儀式のための正装なのだろうか金襴の長い衣を着た蔵民の女たちが、クスノキなのか香ばしい葉のついた枝の束を手に、小院の真赤な門の中に次々と歩み入って行くのであった。門の中には枝を焚いて奉納をする場所があるのだろうか。

　漢民族の旅行者たちが、かれと同じく光に足をひっぱられたように、のろのろと駐車場を歩いていた。大寺院の入口あたりから、三人の金髪のバックパッカーが現われた。なぜここにいるのか分らなくなったかのような、困惑した表情で北欧風の言葉で話していた。かれらにつづき、二十人ほどの僧侶が境内の奥から出てきた。朱色の法衣の下に全員が運動靴をはいている僧侶の何人かが、スマートホンを耳に当てて蔵文を響かせているのであった。

僧侶の一列は旅行者の群れを避けるように斜めに曲り、駐車場の裏の、蔵民の安宿と食堂がぎっしり並ぶ泥の路地の中へ赤い点となって消えて行った。

金髪のバックパッカーもどこかへ行ってしまい、駐車場は再び、日よけのために大きく張った帽子をかぶり、首からニコンやペンタックスの一眼レフをぶらさげた色白の漢民族の領域となった。強烈な光が、数々のセダン車とＳＵＶのクロームにも下のアスファルトにも浸透していた。

かれと漢民族の友人は黙ったまま大寺院の入口に向った。

入口前には長い列ができていた。その一番うしろにかれと友人が加わった。入口には大柄の僧侶が立ち、旅行者一人一人からピンク色の百元札や緑色の五十元札を受け取っているのが見えた。その手続きは時間がかかっているようで、列はなかなか進まなかった。上海駅の乗車口の列、山東省のバスターミナルの入口の列のように押し合いやどなり合いこそなかったものの、容赦ない光線の下で待つ人々のもどかしさが汗のにおいと共に伝わっていた。

列からすこし離れた右の方には、列と同じほどの人数が立ちつくしていた。二人や三人の小さなグループに固まり、それぞれスティックを差しだしているのが見えた。カメラのスティックを自分たちの顔に向けて、アスファルトに舗装された大地すれすれに近づいた大雲とラーサに負けないほど厳かな黄金の屋根を背景に、一《イー》、二《アル》、三《サン》！　笑一笑《シャオイーシャオ》！　とセルフィーを撮っていた。

無数の自画像が創られる光景から、かれは思わず目をそむけた。目をそむけても、明るすぎる声が耳にこだました。聞いているうちに苛立ちを感じて、自我が消えた人の自画像はどうなるんだ、お前ら不在《ブツァイ》の人の写真も撮れるのか、と叫びだしそうになった。老人さながらのねじけた思いが胸に上っているのに気づいて、自分で驚いた。

そのときだった、左目の端に白い舎利塔が見えて、それと競うほど高い巨木が現われた。巨木のはびこる葉群れのかげに島国の寺院にもありそうな長い回廊が延びていた。回廊のかげの中で見え隠れしながら、何十もの輪が一斉に廻りだしているのにかれは気づいた。

3

漢民族の友人も長い列で待っているのに痺れを切らし、大寺院の中はあとでいいからまずあちらへ行ってみないか、とかれが言いだすとすぐに同意した。

駐車場のアスファルトが尽きたところに、元の泥色の土が広がっていた。土の上に細長く、屋根のある回廊が現われた。たぶん寺院の広大な境内の周囲のところどころに建つ回廊の一部なのだろう。回廊の屋根の上にはインドの菩提樹を高原に移植したような巨木の葉群れがはびこっていた。豊饒な影の奥の中に、回廊の入口をかれは見つけた。

　磨り減った石の段を踏んで中に入ると、目の前で文字が回転していた。

　かれにもかれのうしろの友人にも読めない文字が、回廊の壁のない片側から外の強い光を受けてぐるぐる廻っていた。

　文字が刻まれた一つの銅色の輪のすぐとなりにもう一つの輪が同じように廻り、そのさらに奥の、四つか五つかの輪と、その表面の文字も廻っていた。

見た瞬間、聖なる印刷工場に踏みこんだ、という気がした。

奥の方に、老人の姿が見えた。老人は輪の下に付いた木のハンドルで一つを廻し、またその次、さらに次の輪のハンドルを力いっぱいに押した。老人の前では、長い黒髪の三人の女が老人と同じ動作をくり返していた。

　マニ車、と島国のことばで言うのを、かれは聞いたことがあった。英語のガイドブックにも prayer wheel、祈禱の輪、と書かれている、ドラム缶ほどの大きさの丸い面には真言の文字がきざまれている。それを参拝者が廻すと、一つの「車」に内蔵されている、おびただしいほどの祈りがたちまち空気に放たれるという。

　かれは躊躇いながら手を伸ばした。今まで何万何百万もの人の手によって磨り減った木のハンドルを押してみた。キーキーと軋る、するどいがどこか古びたような音とともに輪が動き出し、眼前の文字もゆっくりと回転した。ༀと、山の上から鳥がとびたつような最初の文字と、その次の文字が、かれのすぐ前にいる老人と、老人の奥の三人の長い黒髪の女の手によって廻されて、ただでさえ読めない文字群が早送りの字幕さながらにぼやけた。

蔵民の老人と蔵民の女たちのまねをして、かれは木のハンドルをにぎり、こんなことをする資格が自分にはたしてあるのか、と思いつつも、再び押してみた。軋る音とともにマニ車は動いた。小鳥も、他の文字も、うしろの方に消えてはまた前の方に出て来た。

次のマニ車はすでに老人の手によって動かされていた。動かすというよりも動きを確認するかのように、すでに廻っているハンドルに指先で軽く触れて、さらに次のマニ車に同じ動作をくり返した。

自分の背後で漢民族の友人も、かれより力強く、マニ車を廻していた。

次から次へと現われたマニ車を廻しながら回廊の奥へ進んだ。

信じているのか、ともし聞かれたら、信じているとは答えられそうにない。なのにマニ車と、そこに記されている不可解な文字が一つまた一つ現われると、そうする他ない、という気持ちになって、ハンドルを押して、また来るハンドルを押して、また現われる文字を目でたどり、そうしているうちにマニ車を当然のように廻しつづけている自分に気付いておどろいた。

西方人《シーファンレン》のくせに、とうしろから友人が、からかった。

お前だって山東《シャンドン》の農民《ノンミン》のくせに、と反論した。どっしりとした石の壁の下で、かれの笑い声に応える友人の笑い声が小さく響いた。

その笑い声がたちまち、キーキー、キーキー、と軋む音に重なりまた軋む音にかき消された。境内のどこかの念仏の遠音と、回廊の中の前方で蔵民の誰かが低い声で唱えている、オムやマーやフムのような声も耳に届き、一歩先に進むごとに増えた。

鎮まることのない軋む音に交じった、かれには意味をなさない異質な音階の囁きを耳にして、不可解な文字が視野に入ってはそれをくり返し廻し、何か分らないものに耳と指先の両方で近づいた、と感じはじめたとき、マニ車の列がとつぜん終わり、回廊も途絶えて、かれと友人は外へ出てしまった。

強い光が体に当たった。

瞬きしてあたりを見渡すと、回廊の向かいには簡易な食堂と売店があった。長く茶色の衣の羊飼いと猫背の老婆が出入りしている売店の前にも、泥色の参道の先にそびえる白い舎利塔の下にも、たくさんの声が鳴り響いているのだった。

かれと漢民族の友人は、いつの間にか蔵民のざわめきの中へ入りこんでしまっていた。

強い光の中でくっきりと浮かんだ、むらさきとみどりの縞の前垂れに腰に真赤な飾り帯を巻いた中年女たち、帯には宝石をはめ込んだ柄の短刀を隠そうともしない若衆、同じ飾り帯を巻いた、長く無秩序な髪の羊飼いたち。

みんなが時計廻りの、同じ右方向に、ゆっくりと動いていた。

全員が蔵民だった。ここは大寺院の周囲を時計廻りに一周するコーラのはじまるところらしい。

かれは目の前を流れる人の群れを指さして、漢民族は一人もいない、と漢民族の友人に言った。

友人も蔵民の一列を見ながら、コーラだから、歩くだけでしょう、入場料もない、歩くのはタダ、と答えた。この場所はお金の取りようがないから誰も漢民族に教えないんじゃないか、と友人は笑った。

漢民族の友人の笑い声は実におおらかだった。

島国ではなかなか聞けないおおらかな笑い声が聞きたくて、かれは昔、島国から大陸によく渡った。たぶん、島国で生まれたひとたちの中にも、このおおらかさに惹かれて大陸に渡った者も少なからずいただろう。

近年は、大陸でもこのような笑い声が昔ほど耳に入らなくなった、とかれは友人のほかに漢民族が一人もいない列をじっと見ながら思った。そして見ているうちに、「島国」と「大陸」をめぐる思いの糸が切れた。どこを歩いているのか、という考えもなく、時計の針と同じく右方向に、足がおのずと動きだした。漢民族の友人も、そうするのが当然だというように蔵民の列にすっと加わり、すでに歩きだしていたのであった。

みんな、どこから来たのか、土の参道は蔵民が増えるばかりだった。あなたたちはどこから来たのか、という簡単なことを聞く言葉もかれは知らなかった。だから彼らはアムドの大草原を渡ってやってきたのか、カムの渓谷から上ってきたのか、あるいはラーサからトラックの荷台で何日も寝起きしてようやくここへ着いたのか、と想像がふくらんだ。どちらも新宿の部屋からここへ来るよりはずっと距離が近いのに、ここへたどりつくための苦労と、到達した喜びが、続けざまに横から当たる人また人の身体から伝わってきたのであった。

蛇口が急に開かれたように、参拝者が狭い参道に溢れだした。何という有名な活仏の遺骨を納めたのか、そびえ立つ白い舎利塔の下で人の波が右へ右へととめどなく動き、輪となっていた。かれも漢民族の友人もその引力にしたがうように輪に入ってしまい、時計廻りに一回りしてから、子供時代のメリーゴーラウンドの子馬を降りるようにその輪を離れて、舎利塔の先につづく参拝道に連れられて行った。

ヤクのバターとも甘ったるい線香ともつかない香りが漂っていた。蔵文のたくさんの音が耳を満たした。ぞうぶん、という不可思議な島国の音もまた頭をよぎった。

和も漢もなく、すべては蔵文なのだ。

深く日に灼けた牛皮色の顔にサングラスを掛け、大草原では散髪をすることもないのだろう、乱れた長い髪にカウボーイ・ハットをかぶった遊牧民の男たち、お下げを煩悩と同じ数の百八回編んだ女たち、そしてジーパンに上海ブランドのジャケットを着てスマホを眺めながら歩く都市の蔵民に、祖父や祖母の手をつなぐ赤い頰の子供たちは、全員運動靴を履いて参道を静かに踏みならして、時計の針と同じく当然のように、定まった方向へ進んでいたのであった。

大寺院のまわりを一周するコーラの参道は五キロほど、前方につづいていた。見渡すかぎりその参道は人で埋めつくされていた。何千もの運動靴が土と石ころに当たるにぶい音が絶えなかった。蔵民の波の中でかれと漢民族の友人は異質な流木となって前へ前へとただ押されて行った。

途中で友人がぎこちなく立ち止まった。参拝者が次々と追い越す中でジャケットのえりに手を入れて、中から緑色の丸いものを取り出した。首にかけたお守りで、翡翠の観音菩薩の像だった。友人はそれを顔の前まで持ち上げては南無阿弥陀仏《ナーモーアミトーフォー》と静かに唱えはじめた。そして「家人《ジャレン》」や「安全《アンチュアン》」を懸命に祈りだした。すべては現世の、生活に関わる祈りだった。その前日、南方の寺院でも友人はそうしていたのでかれは驚かなかった。人民解放軍出身で今でも共産党員で、共産党がチベットの奴隷たちを解放したとかたくなに信じている友人が、なぜ突然仏に祈りだすのか、聞かない方がいい、とかれはすでに弁えていた。

漢民族の友人はかれを無視してどんどん参拝者の列に流されて、先へ進んで行った。蔵民に囲まれて、かれは一人となった。

少しだけ歩くと、また回廊があった。大寺院の周辺の途中々々に回廊が建てられて、参拝者たちがいくつもの回廊のマニ車を廻しながらコーラを進める、ということだったらしい。先の方では人の列の一部が参道から回廊に上り、中のマニ車を廻して、再び参道にもどった。

かれはそれにしたがうように、二番目の回廊に入ってみた。

最初の回廊と違って、そこは大きくて四角い部屋で、薄暗い入口の左右に掛けられた小さなマニ車を、多少は慣れた手つきで押して前へ進むと、天井からつるされた巨大なマニ車が奥にぼおっと現われた。

島国の寺の鐘楼の釣り鐘より一回りも二回りも大きいマニ車が異様なほど速く廻っていた。

うしろからお下げ髪を百八回編んだ五十女が力いっぱいマニ車を押しながら前へ出てきた。部屋にいるかれを見るなり、あんたのためにもなる、あんたもやりなさい、とたぶんそのような意味の蔵文をかれに向けた。細長いお下げ髪を左右に振り回しながら動く五十女にしたがって思いっきり押すと、マニ車に刻まれた大きな文字と、色とりどりの絵がさらに速く動いた。

キーキーときしむ大きな音がして、マニ車の中に据えられている鐘が鳴りだした。四つの壁に描かれている仏画が動きだした。真赤な顔と体の釈迦牟尼と、黄金の帽子を被った開祖のツォンカパと、洞窟にとじこもりイラクサしか食べないが故に肌がみどりに変色した行者のミラレパの絵がぐるぐる廻りだした。耳のうしろでまた別の、何人かの口から上る蔵文が聞こえるとまた何人かの手がマニ車に触れて、新たな勢いを得て文字と絵柄がさらに早く廻り、中の鐘の音がかれの耳の中で連続的に鳴り響いた。

薄暗い部屋の中を五回も六回も回り、七回目か八回目には、石の壁にこだまする意味の分からない蔵文と、マニ車のきしる音と、鐘の大音の、その残響の奥から、不在《ブツアイ》、不在《ブツアイ》と告げる声が聞こえるような気がした。

かれはマニ車から慌てて手を引いて、色鮮やかな仏たちから視線をそらしながら素早く外へ出た。


二番目の回廊を過ぎたあたりで、大寺院を囲むようにめぐらされている長い粘土塀と、すぐうしろにそびえる禿山の険しい斜面の間に挟まれて、コーラの参道が急にせまくなった。そのために路上の参拝者の密度が増し、かれのすぐ前と後から耳に入る蔵文も密になった。

そこからはマニ車の回廊がなくなり、粘土塀がしばらくつづいていた。粘土塀の奥には最高位の活仏、第六世ジャムヤンの宮殿の壁が現われて、ずんぐりした巨鳥が飛び立とうとしているかのような黄金の反り屋根が見えた。蔵民の何人かがそれを仰ぎ見て、また何人かが立ち止まって粘土塀に額を押しつけてはオムやマーという音節をささやいていた。道の先の方でも人は深く屈み、同じように何かを囁きながら粘土塀に額を押しつけていた。粘土塀のいくつもの箇所が、三百年分の額の圧力で窪んでいるのが目に入った。

かれはひとりで歩きつづけた。

人は左側の山のやわらかい土を指で掘りおこし、聖域の小さなかたまりを衣の懐に収めていた。人は前方に身を投げ出してはまた立ち上り、天に向って合掌をしてから再び、参道の土を抱きしめるように平らになって、這うように五体投地で進んでいた。

活仏の宮殿を通りすぎたあたりで道が急に上り勾配となった。

かれの両脚がまたふらついた。土の上を踏む一歩々々の距離が変わらないのに長く感じられた。粘土塀に沿って十メートルほど先へ進んだところで息が荒くなった。まわりの蔵民の中には、そんなかれをあわれみで見る人もいた。だが蔵民は聖地に向って一心に進んでいたので、かれのことを心配して立ち止まる者はいなかった。

かれはジャケットのポケットの中から人民解放軍の薬の瓶を取りだした。雪山を背後に地上からそびえ立つポタラ宮のイラストをにらみながら二錠を呑みこんで、それからまた土を慎重に踏みしめて歩きだした。

上りの勾配がしばらくつづいた。左側の禿山の中腹あたりまでコーラの道が上っていた。「世界の屋上」で何千年も生存した蔵民の、その老人たちも高校生さながらの軽やかな足取りで参道の土を踏みならし、はねるように前へ進んでいた。

かれが喘ぎながら追って行くうちに、想像していたより早く参道の一番高いところまで登りつめてしまった。

　息を切らして、そこで立ち止まった。両脚がぐらついた。平衡を保とうとして、粘土塀に手をかけた。こちらの粘土塀も、そのざらざらした表面は窪んでいた。

　くすんだ鳶色の石の壁を固めた数百軒の独居房が、何条もの泥の路地に並び、塀の下、壁の下、高い飾り門の下を朱色の法衣をまとった小さな人物たちが黙々と行き交っている。そして、僧侶の住居が密集する路地の上には大経堂や密教学院がそびえていた。そのどっしりとした原色の壁のまわりにも、信者たちが絶え間なく時計廻りに動いているのを見分けることができた。

　コーラの輪に囲まれた大寺院の境内でも、輪廻を念じて回る人々のいくつもの小さな輪が同時に進んでいるのであった。クロノメーター型の腕時計の文字盤に小さな秒針がいくつも動いているようだった。

　生きている時間を使い果たしながら再生を念じる老若男女の絶え間ない複数の輪を、目でたどろうとしているうちにめまいを感じはじめた。

　一歩先に動こうとした。光がぎっしりつまった空気の重みに遮られたように、もう一度立ち止まった。

　禿山のふもと、参道のすぐ横に、石が並んでいた。誰かが石を並べて、また誰かの手によってその石の上に黄金の絵の具で文字が描かれていた。字体は違うが、何となくマニ車に刻まれている文字と似ていた。

どうせ読めないのだから、と文字から目を離そうとしたが、黄金の文字にまた目がひきつけられた。

ༀ、と鳥が飛び立っていた。

すぐうしろから、

「オウム」と言っているような声が聞こえた。

昔、島国でよく耳にした「オウム」をかれは思いだして、耳をかたむけた。

うしろの声は、しかし島国の「オウム」ではなかった。どうも「オム」と言っているようだった。

「オム」のあとに「マ」が聞こえた。そして「ニ」、「ペ」、「メ」、「フム」と男のハスキーな声が続いた。

振りかえると、茶色の長い衣の男が、黄金の文字に見入っているかれのために、その文字を指しながら読み上げているのが分った。

男は遊牧民なのか、その衣からは草原のにおいが漂っていた。その口からたてつづけに出る音にも草のにおいがついているようだった。

オム、マ、ニ、ペ、メ、フムと男が教える口調でくり返した。

オム、マ、ニ、ペ、メ、フムとかれは、男に言われた通り復唱する生徒となって言ってみた。

石の上に黄金で板書された文字を、読めないのにあたかも確認するかのように一瞥して、そしてまた遊牧民の男のまねをした。

オム、マー、と口を開いて言った。ニー、ペ、とつづけて、やがて六つの音がとぎれとぎれに自分の口から出た。黄金の文字と同じ数の文字の真言を、今自分が唱えてしまったことに気がついた。

ガイドブックに書かれている、偉大なラマも唱えれば草原の羊飼いも唱えるという、あの有名な真言と同じだろう。

発音は想像していたほど悪くはない、という渋みもある満足の表情が、遊牧民の男の顔に浮かんだ。男はそれからかれには何の意味もなさない早口の蔵文をつぶやき、参道の先へはねるような歩調で歩きつづけた。

またひとりになったかれは、黄金の文字をじっと見ながらガイドブックに書かれている「やさしい真言」を思いだした。至上の聖域を一周するコーラの道でそれが文字となって現われて、参拝者たちの口から出るのは当然だろう。

あの奇妙な翻訳文も一瞬、頭をよぎった。
うしろからまた蔵民がぞくぞくと歩み寄ってきた。耳のうしろでまた不可解な人間のノイズが増えた、と思うと、それらの声の中から、今は通じる音として、あの真言の断片が聞き取れるような気がした。
オム、マ、ニ
最初はためらって、「オム」しか言いだせなかった。何百人もの声の中の、自分の声は一つに過ぎないだろう、と自分に言い聞かせて、それからささやきになるかならないかの小さな声で、かれも言ってみた。
オム、マ、ニ
正確な足取りで先へ先へと流れる人波に押されて、あの真言なのだろう、と聞き分けることができた。無数の声にうながされて、かれも動きだした。そして自分の口からももれてきた、まぎれもなく西の蔵の声もすこしずつ大きくなった。
オム、マ、ニ、ペ、メ、フム
すぐ前を歩いていた、髪を百八回編んでお下げにしている、トルコ石とサンゴの長いネックレスを黒い衣の上にかけた中年女が、かれの声で振りかえり、
オムマニペメフムを知っているのか、とアクセントの強い標準語で聞いた。

ええ、まあ、一応、という島国のことばも言えなくて、ただ、知っている、と大陸の標準語で答えた。

オムマニペメフムを知っているのだ、大したもんだ、とたぶんそのような意味の蔵文を、同じ黒い衣、真赤な飾り帯を巻いた中年女の群れに向って言った。

短い会話で息がまた切れそうになったので、かれは歩調をゆるめた。

参道がゆるやかに曲った。

曲ったその先に、禿山の下で立ち止まった人物の姿が小さく目に入った。

近づくとその人が参道の道端に座ったまま動いていないのが分った。

老婆だった。老婆は棒の上にのった小さな銀のマニ車を骨ばった手で廻していた。遠くからは幼児がからからを廻しているようにも見えた。老婆は黙ったまままくり返しくり返しその動作をつづけていた。

老婆は、百八の煩悩がすっかり色あせて白くなったお下げ髪を左右に振りながら、銀の聖器をひたすら廻していた。

すぐうしろにそびえる山のぎざぎざの尾根には禿鷲が音もなく飛んでいた。禿山のうしろには天葬場があるのだろうか。

真言は、このことを指していたのか。

オム、マ、ニ、とつぶやく自分の声がすこし震えているのを感じながら、かれは老婆の前までたどりついた。

老婆は、かれなどには無頓着で、再生を念じて狂わしいほどの勢いでただただマニ車を廻していた。

老婆に声をかけることはとてもできなかった。かれは黙りこんで老婆の前を通りすぎた。オム、マ、オー、マ、と前からも後からも大小の声が波打った。かれは意味をもつことばが無性にほしくなった。

とつぜん、胸の中から島国のことばがのどに上った。おかしい、あまりにもおかしい、と恥のようなものを感じたが、抑えきれなくなって、ついに口に出した。

蓮華に入った宝石、敬礼

もう一度、声を荒らげながら言った。

蓮に入った、蓮華に入った、宝石、敬礼！

かれは目を瞑った。新宿の部屋の押し入れの奥にある母の書類を思いだした。押し入れの襖の上に掛かった、障子を通した部屋の淡い光を受けて、にぶく光っている菩薩の白い顔が目のうちに浮かんだ。

その心象をかき消すような勢いで、かれはもう一度、声高に叫んだ。

蓮華に入った宝石、ケイレイ！

足がまたふらついた。薄い空気の中で腕をゆっくりと伸ばして、粘土塀をつかんだ。こちらの粘土塀も、その表面は深く窪んでいた。かれはゆっくりと前かがみになって、粘土塀のくぼみに自分の額を押しつけた。ざらざらした粘土は涼しかった。かれはもう一度、粘土塀に話しかけるように、囁いた。

蓮華に入った宝石、敬礼

次の瞬間、自分の肩をそっとたたいている手を感じた。

おどろいて振りかえると、漢民族の友人がそこに立っていた。

もうやめなさい、と漢民族の友人が、そんな意味の言葉でかれを叱った。

かれはたちまち黙って、立ち上った。二秒か三秒が経ってから、

不在《ブツァイ》、が分らない、と言った。

大陸のことばと島国のことばがごちゃまぜになっていた。

友人は島国の「分らない」が分ったようでうなずいた。そして、

もう忘れなさい、とさっきより憐れみもあるやわらかな口調で言った。

ママを忘れたくない、とかれが弱い声で答えた。

漢民族の友人の口から「バカ！」という島国のことばが聞こえたような気がした。しか

し、それとは違った、はじめて聞くどなり声が耳を打った。

ママを忘れるんじゃない、ママが不在《ブツァイ》になったことを忘れるんだ。

それから落ちついた口調で、友人は言葉をつづけた。

山東省の名人が言ったじゃないか、生を知らずしてなぜ死を知ることができるのか、そうでしょう、地を知らずしてなぜ天を知ることができるのか。

二人の前でも後でも蔵民が土の上を這っては起き上り、天に向って合掌して、また地上を這いだしていた。

そうですね、というような返事をした。真言が消えて、まわりはただ不可解な蔵文にもどった。

かれは黙りこんだ。薄い空気でくたびれて蔵民について行けなくなりもどってきたという友人と連れ立って、ゆっくりと歩きだした。

参道はやがて下り坂になった。下りきったところにはまた回廊の反り屋根が見えた。屋根の下には参拝者の列が途絶えず、かれと友人のすぐ頭上に広がる天からそそぐ日差しを受けて、マニ車が一斉にきらめきながら廻っていた。

文字の高原

1

道のわきから転がり出てきた灰色や白色の落石をよけながらブルーバードはゆっくりと走っていた。うしろの座席に置いた酸素ボンベにかれは手を出そうとしたが、やめなさい、まだ早すぎる、と運転している漢民族の友人の、たぶん他の漢民族に言うときよりゆっくりとした歯切れの良い声を聞くとその手を引いた。

フロントガラスにも横の窓にも、麓から急にけわしくなる山々が現われていた。あらゆる方向に、土から繁殖したように大小の山がはびこっていた。そこまで二時間もたどっていた平原が嘘のように思われるほどだった。

すこしずつ上ってゆく広くもない省道の脇にはモーターバイクが何台か止まっていた。

その向こうの山腹には白いキノコがたくさん生えている、とかれは思って、よく見ると、その数々の白い点が左右に動いている、と気がついた。横の窓をじっと見入ると、白い頭蓋帽をかぶった男たちと、そのかげに黒や紺色のベールをかけた女たちが雑草の中に入りこみ、左に動き右に動き、たぶん薬草を探って刈っているのだろうと分った。ブルーバードがこの朝に渡ってきた、シルクロードより南の平原の、村ごとに違うモスクの水色やエメラルド色のミナレットを思いだした。

あれは冬虫夏草だろう、とかれは島国の発音を抑えてトンチュンシヤツアオ、と言った。大陸へいくら渡っても四声がいまだに不確かなのに、漢民族の友人にそれが通じたようで、可能是《ケーネンシル》、そうかもしれない、という声が返ってきた。

冬の虫が死んで夏の草につつまれてしまった、大陸の大西部の高原の名物で、最高価の薬として売れる。そのことを大西部への三回目の旅でかれも何となく知っていた。

高原の名物がある、だからすでに高原が始まっていたのか。

まだ麓なのに暗緑色の傾斜の上で黙々と規則的に動いている白い点をかれは目で追って行った。十一月以降ならまず聞こえないだろう、小川のせせらぎもかすかに耳にとどき、省道で行き違うトラックの音もたまには聞こえたが、それらの音がすべて細かいディテールとなりながら巨大な静けさにつつまれて行った。生まれたときより人の声が朝から夜半まで耳に響いてやまない山東省の友人は、同じ大陸にありながらこの静けさに「大鷲《ダージン》」を感じる、と何度かかれに語ったことがあった。かれは、島国に移住して新宿の部屋に入居するよりはるか前の、父と母がまだ結婚していた子供時代にいっしょに見たもう一つの、かれが生まれた大陸の山岳風景を思いだした。だが、ロッキー山脈やグランド・キャニヨンにはムスリムもチベット人もいなく、山腹に散らばった冬虫夏草を採る人群れもなかった。

座席の下からはっきりとした上り勾配が感じられた。また道の真ん中までころがっている白い落石をよけた。ブルーバードは先へ進んだ。寒さに震えている白馬を五、六頭積んだトラックとすれ違いながら大きな曲り角を通りすぎた。

通りすぎた瞬間、漢民族の友人が、

蔵民《ツアンミン》！

と大声で言った。その声からはよろこびも伝わった。

その声でスイッチが入ったように、かれの頭の中で「チベット人」という島国のことばがたちまち響いた。友人が指したフロントガラスに目をすえると、傾斜の中腹あたりの道には大寺院の参拝者が巻く帯の鮮やかな色彩にも似た赤やピンクのリボンをゆらしたモーターバイクが見えた。モーターバイクに乗っている男もはっきりと見えた。風に舞う長い黒髪をカウボーイ・ハットで押えて、茶色の衣を着た男が、坂道をのろのろと動いている百頭ほどのヤクに向ってするどく口ぶえを吹いた。その小さな音が、正面にも左にも右にもそびえる山々にこだました。

もうすでに標高二七〇〇に来たみたい、とかれは静かに言った。今度は自分の声の裏かららうれしさが滲んだ。ヤクは標高二七〇〇メートル以下に下りると死ぬ、だから世界の動物園にはヤクを見かけることはない、とチベット・ガイドブックで読んだのを、以前何度か大陸の旅行で友人に説明したことがあった。それ以来、ブルーバードの窓に映る足首まで黒い毛が生えているヤクの姿を見ると高原に近づいたという実感が生まれた。大西部の大空の下でヤクの角がきらめくとかれは思わず振りかえり、うしろの座席にそなえた「氣」と書かれた酸素ボンベをまた一瞥した。

右側の斜面には、山はだから浮かび上って、家のような四角いものが見えた。風雪で色あせた小屋だった。小屋の屋根の上には青い祈りの旗が、たった一人の国の国旗のように激しくはためいていた。しかし風の音が強すぎるせいかはためく音は聞こえなかった。

ダッシュボードの中のスピーカーから「急彎《ジーワン》！」という女の声が響き、ブルーバードが大きなカーブを曲った。またすぐにその先で曲った。つづら折りが始まったらしい。曲り角はどれも急で、またどれも大きすぎるせいで処理しきれないのか落石がころがったままで道の一部をふさいでいた。月の石をかれは一瞬連想した。

落石にかまわず猛スピードで大型トラックがやってきて、ブルーバードとすれ違った。トラックのフロントガラスの上には蔵文の文字と、蔵文の数字が白くぬられていた。大西部に入り、平原に密集する漢民の町と回民《ムスリム》の町を通りすぎて、ようやく高原に登ろうとして、その文字をはじめて見かけた。

見て、蔵文《ツアンウエン》だ！

かれの声は高揚していた。

のどの奥から、チベット語だ、という島国の声と、さらに奥から、父と母といっしょにいた大陸の **It's Tibetan!** という声が上りそうになった。

黒いトラックに白くぬられた、ཀとかཁとかགの文字と、トラックのフロントガラスに張られた、朱色の法衣をまとった銅色の顔の、まっすぐこちらを見つめる活仏の写真が近づいて、そして二、三秒で消えて行った。トラックがすれ違ったあとに、エンジンの轟音がしばらく道に残った。それからつづら折りの省道と、まわりの山々がもう一度大きな静けさにつつまれた。

曲り角のあとにまたすぐ曲り角、そして曲り角ごとに、ミナレットと野菜市場と銀行と豚肉を食べさせない料理店がひしめく平原をうしろにしまいこむように道はぐんと上って行った。かれはすこしめまいを感じた。酸素ボンベに手を伸ばすと友人は今度は何も言わなかった。

細長いボンベのふたをはずして、「氣」を一服吸った。ボンベを友人に差しだしてみたが、友人は「不要《ブヤオ》」ときっぱり言った。友人は人民解放軍出身だから大陸のこれぐらいの道は何でもないだろう。

今でも角刈りの友人は視線をまっすぐ前に向けて、フロントガラスに次々とやってくるカーブをにらみながら自信ありげにハンドルを切っていた。

軍にいると青年時代の最高の四年間を失うが、その代わり一生、大陸のどんな山道も、昼でも夜でも一人でも恐くない、と友人がいつかかれに語ったことがあった。おびただしい人民は海であり、解放軍の兵士はそれを泳ぐ魚である、と毛沢東が言った。この山には人民は少なすぎる、兵士は大丈夫なのか。そんな思いもしたが黙りこみ、かれもフロントガラスに視線をそそいだ。

つづら折りの途中で落石がさらにふえた。道端で無造作に並んだ巨石が、人に触られたことがなさそうに斜面からころがったまま黒く光っている、やはり月の石を連想させるのもおかしくない。

つづら折りの道が山の高みに至ると人もヤクもいなくなった。ただ明るいところでは薄緑で、低い雲のかげだと黒に近い暗緑色の草が、一人の旅行者にはとても把握できないほどの淋しさを滲ませながら、間断なく上へ上へとつづいていた。

人口が八千万人も九千万人もいるという山東省の友人も、人気がなく空虚にうねる風景に見とれたようで、黙りこんでいた。

ブルーバードの中でかれの声も友人の声も消えて、曲るたびに強くなった風の音と、すこし無理を感じさせてきた小型車のエンジンの音だけがしばらく耳に響いた。

ヒューッとすれ違うトラックの音がそれに加わった。人の声がどこにも聞こえない。大高原に一層近づいたのを感じて、かれはたばこをもう一本吸うような気持ちで酸素ボンベを口につけて「氣」をもう一服した。

十いくつ目のカーブを曲ったところ、ブルーバードの前方に霧が現われた。数秒が経つと牛乳を水で割ったような色の霧が山頂のあたりから、草の上、大小の落石の上を流れてきてフロントガラスにやさしく当った。

またたく間にブルーバードは霧につつまれていた。

速度を落とした方がいい、とかれは拙い標準語で言った。声が動揺していて、速度《スードウ》の発音がすこしおかしかった。

あまり落とすとうしろからトラックがぶつかってくる、と友人が早口の、苛立ちのためか山東省の訛りが色濃く出た標準語で答えた。

かれはうしろの窓をちらっと振りかえった。うしろもすでに霧がかかり、その中にトラックのヘッドライトがぼおっと現われて、怪物の目となって、近づき、遠ざかり、また近づいていた。

対向車線でもかろうじて見分けられていたヘッドライトが急に明るさを増しては通りすぎて行った。その光の動きによってカーブの位置を推測しながら友人が注意深くハンドルを切り、まだ午後も早い時間なのに夜中を思わせる暗さの中でつづら折りを登りつづけた。

友人が九年分の給料に相当する額でようやく購入したブルーバードは、こんな山を走る車ではなかった。その思いを口にしないまま、かれも黙りこんだ。

ブルーバードの中でことばが止まった。

ひよわな青い鳥が山頂のありそうな辺りをめがけて、暗い空気の中でジグザグ動きながら羽ばたきつづけた。

速度を手さぐりするように、その瞬間その瞬間速くなったり遅くなったりして、二つの急カーブを無事に通り抜けた。

風のどなり声と、見えなくなった対向車線から下るトラックがすれ違うヒューという音と、あたり一面から聞こえるするどいクラクションの音の中で、交差するヘッドライトがヤクもいない暗緑色の傾斜する草地を照らしだした。

それからすこしだけ進み、もう一つのカーブを曲った。その先に、霧の中で何かが動いているような気がした。ゆっくりと近づくブルーバードのヘッドライトが当ると、道の奥には無数の旗が並んでいるのが見えた。

尾根を貫く峠道の、その両側の岩に結ばれた布のひもからつるされた旗は、山頂の風を受けてばたばたと翻っていた。

旗はみんな色が違っていた。そして国旗のように大きくはなかった。かれは目を細めて霧の中ではっきり見ようとしているうちに、青年時代の島国の祭りや運動会でよく見かけた万国旗を思いだした。

一列の小旗の手前にブルーバードが止まった。

その前年に島国で還暦を迎えたということを急に意識しながら後ろの座席から酸素ボンベをつかみ、「氣」を深く吸いこんだ。もう一度吸ってからブルーバードを下りた。二十歳若い友人はまた「不要《ブヤオ》」とことわり、吸わないで反対側のドアから下りた。

山頂の風がブルーバードを打った。

下りたところの道のわきには石碑が立っていた。新しい石碑のようで、霧の中でも簡体

郵便はがき

料金受取人払郵便

小石川局承認

1042

差出有効期間
令和４年３月
31日まで

112-8731

〈受取人〉
東京都文京区
音羽二—一二—二一
㈱講談社
文芸第一出版部 行

ご購読ありがとうございます。今後の出版企画の参考にさせていただくため、アンケートにご協力いただければ幸いです。

お名前

ご住所

電話番号

このアンケートのお答えを、小社の広告などに用いさせていただく場合がありますが、よろしいでしょうか？　いずれかに○をおつけください。

【 YES　　NO　　匿名ならYES 】

＊ご記入いただいた個人情報は、上記の目的以外には使用いたしません。

TY 000072-2003

書名

Q1. この本が刊行されたことをなにで知りましたか。できるだけ具体的にお書きください。

Q2. どこで購入されましたか。

1. 書店(具体的に：　　　　　　　　　　　　　　　　　　　　　　　　)
2. ネット書店(具体的に：　　　　　　　　　　　　　　　　　　　　　　　　)

Q3. 購入された動機を教えてください。

1. 好きな著者だった　2. 気になるタイトルだった　3. 好きな装丁だった
4. 気になるテーマだった　5. 売れてそうだった・話題になっていた
6. SNSやwebで知って面白そうだった　7. その他(　　　　　　　　　　　　)

Q4. 好きな作家、好きな作品を教えてください。

Q5. 好きなテレビ、ラジオ番組、サイトを教えてください。

■この本のご感想、著者へのメッセージなどをご自由にお書きください。

ご職業　　性別　　年齢
男・女　　10代・20代・30代・40代・50代・60代・70代・80代〜

字がくっきりと見えた。島国の字なら何だろうと思いながら山の名前を見た。山の名前の下には「海抜三九四〇米」と書かれていた。

峠の最高所にはチベット人が祈りの旗をかざす、その旗はタルチョと呼ばれている、というガイドブックの一文をかれは思いだした。

その小旗の多さにおどろいた。

タルチョは道の上にもかかり、道の両わきに広がる尾根の山はだが霧の中でやがて見えなくなるところまでひもが伸びてはからみ合い、まっすぐに、よこに、ななめに、何百何千もの山の参拝者たちの手によって結ばれた青色と真白とみどり色とオレンジ色の小旗が、絵の具に彩られた蜘蛛の巣さながらに山頂を覆いつくしていたのであった。

かれと友人が風に押されながらゆっくりと歩きだした。まもなく道の上にかかったタルチョの真下にたどりついた。

小旗には一枚一枚、仏や神が念入りに描かれていた。その絵の下には、かれにも友人にも読めない蔵文の文字が記されていた。

小旗が風の中でうるさく音をたててはためいていた。その音が右にも左にも、尾根という尾根の上で響いていた。

おびただしい小旗のはためきがあまりにもうるさいから、最初ははっきりと分からなかったが、峠の向こうから人の声が聞こえるような気がした。

タルチョから道の方に視線をもどすと、峠の向こう側からぶざまに動きながら大型トラックが霧の中に現れた。近づいてくるとその運転席の窓が開き、中から男が顔をつきだして、
ソーソーソー！

と叫んだ。

ソーソーソー
の声が鳴り響くと同時に、窓から白く四角い紙切れがたくさん振りまかれた。

霧の中で雪片が踊りだしたように見えた。

トラックのうしろにゆっくりとやってきたセダン車の窓も開き、
ソーソーソー！

ラー、ギェロー！

とお守りの呪文が鳴り響いた。そして同じように小さくて白い紙切れが無数に振りまかれて、風の中で舞い上っては道の上に散った。

道の上は、淡雪が降りだしたように白一色となった。

タルチョの真下から友人はかれより先に一歩先へ進み、その瞬間、

看《カン》！

と興奮した声を出した。

見て！

そしてタルチョの向こうの、峠の頂点へつづく道の先を指差した。

你看《ニーカン》！

あなた、見て！

かれはのろのろと動く足を何とか早めて、タルチョの先で友人が立っているところまでたどりついた。

友人が指した先を見ると、タルチョの向こうで道が百メートルほど下ったあたりからは広大な平地だった。

峠は、峠ではなかった。

峠は、高原の始まりだった。

霧がなくなり、薄緑の草におおわれた平地ははるかなる次の山に向ってうねっていた。

高原は、途中の山々をのみこんで、二千キロ、ラーサまでつづいているのだろう。

你看《ニーカン》、と友人がもう一度、興奮した声で言った。チヨンムーランマー峰《フエン》までつづいているのだ。

友人が口にした、蔵語が漢語となった山の名前は、一瞬経ってから、エベレストのことだと分った。

数えきれないほどのタルチョの下で二人は立ちつくした。

タルチョがとめどなくはためく音と、ヒューと鳴る風の音が耳を打ちつづけた。

友人はそれから黙りこみ、タルチョの向こうに視線をじっとそそいでいた。

友人はたぶん、今、国家の最果てがかいま見えた、と考えているだろう。

かれはそうではなかった。かれは、新宿の部屋を出て、大陸に渡り、行けるところまでとうとう来たのだ、という思いにかられた。

2

莫言の故郷からは、大陸の感覚で「すぐそこにある」という、二百キロしか離れていない町で友人は生まれ育った。そこから友人のブルーバードに乗りこみ、大西部へ出発した。季節によっては紅い高粱《コーリヤン》も見えるという野原を渡る古い国道から、十年前まではなかったという高速公路に入った。

高速公路を三時間ほど走ったところで泰山の出口も孔子誕生の地の出口も通り過ぎた。

午後になって高速公路の両側のガードレールの向こうに地平線まで麦畑が平らにつづいている風景を見て、この大陸はただただ広いのだとその前日までいた島国のことばで感心しながら見渡していた。

五時間が過ぎたころ、「省界」の標識が見えて、山東省から河南省にブルーバードが入った。また一時間が経つと上海からの新しい高速列車の高架線が現れて、さらに二時間経つとその高架線の向こうにはこの数年間で涸れて細い糸のように変った黄河が見え隠れするようになった。

また二時間が経ち、三時間が経った。四回目の服務区《サービスエリア》では駐車場にブルーバードをとめて牛肉ラーメンを食べてまた出発した。開封を通り過ぎて鄭州を通りすぎて、二つも三つも黄河大橋と標識に書かれている出口を通りすぎた。靄《もや》でぼやけたオレンジ色の陽が暮れかかった頃、洛陽郊外にさしかかった。広大な中原の中に小高く荒々しい山が現われて、その黄土の山はだには洞窟住まいの穴が見えてきた。本当に、西に向っているのだ、という実感が湧き、その思いの強さで逆に眠気を覚えた。友人が喋る山東訛りの標準語が頭に入らなくなり、フロントガラスの中の六車線のハイウェイも横の窓に流れている山岳風景もぼやけた。

疲れが重くなり、一度目をつむり、また何とか開くと、「洛陽の人民はあなた様の再来を歓迎します」という標識が映った。

標識のみどりが薄れて、頭の中はすこしずつ白くなった。昨日までいた新宿の部屋のその障子と同じ白色だった。目のうらの一面の白色に淡い光が滲んでいた。

そのまままた二十分か三十分が経った。「西安４９０キロ」という次の標識がフロントガラスに映った。標識もえんえんとまっすぐ先へつづく高速公路もぼやけてきた。ただ、ブルーバードのタイヤの動きで西へ進んでいることを確実に感じた。あと二十時間走れば必ず西にたどりつく、と安心した。

もう一度目をつむった。のどの奥から音が上ろうとしてきた。

何かを言おうとしているつもりはなく、ただ上ってきた音をそのまま口に出してしまった。

チョー

という音だった。つづいてのどの奥から、

ラム

という音が出てきて、ブルーバードの中で響いた。

それからもう一つ、

イーン

のような音が口からもれてきた。

狭いブルーバードの中で異質な音が響いた。

かれの口からこぼれてくる意味にならない音の独り言について友人は何も言わなかった。島国のことばとでも思っていたのか。友人は大陸で生まれ育ったのに、一つ一つがヨーロッパの国に相当する省を三つも移動した、その距離感にくたびれているようだった。

かれもついに黙りこみ、また目をつむった。一分も経たないうちに目のうらで白い光が流れだした。


障子を通して光が流れこんできた。路地の奥にある部屋だから淡い光だった。光が黄ばんだ畳と、そこに無造作に散らばっている書物の上を横切り、部屋の中央を占める座卓に当った。

座卓は檜で作られた一畳ほどの大きさで、安価な家具の中で唯一、しっかりとした贅沢なものだった。

かれが二十年前に、生まれた大陸を離れて島国に移住した、そのときに住みついた部屋だった。

障子から流れこんだ光が座卓の木目を浮き彫りにした。そして座卓の上で開かれていた書物の白いページをわずかに照らし出した。

白いページには、畳の上で散らばっている本にあるのとは違った黒い文字が印刷されていた。

新宿の路地裏の光が、

ཨོ

に当った。

淡い光なのに、その中で、

ཙ

という黒い文字が白い紙から浮かび上がるようにくっきりと、座卓の前に座っているかれの目に映った。

かれはひとりで、

オー

と声を出して、

ツァ

と言ってみた。

その発音が正しいのか、それを確められる場所から五千キロも離れているので、これで本当にいいのか、と訝りながら白いページをめくった。

文字がふえた。障子の光に照らされた一文字が二文字となり三文字となった。

ふえた文字から簡単な言葉が生まれた。

དགོན་པ།　ゴンパ　お寺
ལམ།　ラム　道

本当にこれでいいのか、とためらいながら「ゴンパ」のような音、「ラム」のような音を口から出した。

障子と襖に「ゴンパ」、「ラム」が静かにこだました。

お寺、道、お寺、道
「への」が言えないのに、かれは「お寺への道」を思い浮かべた。地平線にそびえる雪山のふもとのお寺に向かう、黄ばんだ畳と同じ色彩に枯れた草原の中の細道を想像した。

ཨ་པ།とかབུ།、白いページに浮かび上がる文字を見ているうちに目が疲れはじめた。半世紀前に島国のひらがなに薄暗い畳部屋でじっと見入っていた頃は、このように目は疲れなかった。島国の都市にある三畳や四畳半の部屋にいて裸電球の下で暮らしていた自分をちらりと思いだしながら、草原の異質な文字について行けなくなり、その文字の下に書かれているカタカナをひたすら、還暦を過ぎた目で追うようになった。

ཁྱོད།

を見ないで、

チョー

を見て、そのまま、

チョー

と発音した。

あなた、という意味だった。

ཁྱོད།につづく文字はもはや目に入らなくなった。

チョー　ウォルー　イーン？

を声に出した、と同時に、

あなた　チベット族　であるか

という翻訳文が、直訳調で固い、なのに即座に脳の中まで入りこんだ。島国のことばと似た語順で、であるかどうかは最後に決まる。ただ微妙な違いもある。たとえば、「あのお寺」が「お寺あの」となり、「この部屋」が「部屋この」となる。

「アムド方言チベット語　初級」という書物のページの下まで書かれている説明文から視線を上げた。広い和室の二間分の白い障子が画面となり、そこにはチベット族の銅色の顔がちらついたが、またすぐに消えた。障子は午後の光がただ流れこんでいる白い紙にもどった。

大陸の西の果てのことばを、大陸の東に浮かぶ島国の表記で本当に読んでいいのか、ともう一度そんな不安も覚えたが、内容の面白さにつられて、もう一度、さきより大きな声で、

チョー　ウォルー　イーン？

と銅色の顔をもつ幻の相手に聞いてみた。

黄ばんだ畳の上にその声が転がり、しっくいの壁にこだました。

新宿の空の中で雲が動いたようで、障子の光がすこし暗くなった。路地の入口のあたりからざわめきが聞こえてきた。地下鉄の駅に通じる道を歩いている人たちだろう。路地の入口の歩行者たちの声には、かれが部屋に住み始めてから何年か経つと、かれが生まれた大陸のことばも、かれが莫言の研究でときどき訪れるもう一つの大陸のことばも交じって聞こえるようになった。だが、チョー、ウォルー、イーン？　というような声はまずないし、あなた、チベット族、であるか、と聞く人はいない。

かれは急にはずかしくなって、また黙りこんだ。だけど路地の奥の部屋だからもし静か

に復唱をすれば誰にも聞こえないだろう、と安心して、また教科書のページをそっとめくった。

　また「チョー」が出た。

「あなた」を問う質問がまたつづいていた。

　チョー、ドロクパ、イーン？
　あなた、遊牧民、であるか
　チョー、アケー、イーン？
　あなた、僧侶、であるか

「チョー」、「チョー」、と不確かな発音でくり返し、草原のように広く感じられはじめた八畳の和室の中をかれの声が響き渡った。

　あなた、これであるか、あなた、あれであるか、と聞く、まわりの誰にも通じない質問をしばらくひとりで唱えつづけた。

3

高速公路を十時間走りつづけても都市と町の姿はほとんど変わらなかった。明るいバナナ色も、官僚的なおちついた茶色も、すでに色あせたピンク色もあったが、すべてが新築で、すべてが似たりよったりな形の、三十階建ての細長いマンションが、二十棟のかたまりや四十棟のかたまりで現われた。建物の間の空間がわずかで、林立しているというよりもドミノのように並べられて、もし強い風でも吹けば島国のことばでいう将棋倒しが起こりそうだった。

十時間も走りつづけたブルーバードの右側の窓にも左側の窓にも、同じ黄色や茶色やぴかぴかの白色、四つか五つの色彩のバリエーションで、都市ごとに町ごとに、高層マンションが現われては消えて、二十分か三十分後にはまた現われた。

山東省から出発して、その二日目の昼だった。地平線には黄色ともオレンジ色ともつかないマンション群が見えた。その三十分前に見たのとほぼ同じだった。白菜をぶらさげた二万人の主婦が一斉にマンションに帰る姿をかれは想像した。

道教の名刹のある山岳地帯をうしろにしてブルーバードは西安に近づいていた。古代の遺跡が散らばっている、道の横の看板にも「文明誕生之地」と書かれている広大な平原を走りつづけた。町の風景の終わりなき反復でかれは苛立ちを覚えはじめた。その苛立ちには鬱陶しいものも交じっていた。二十年前に、かれがまだ中年と呼ばれていた頃、島国からひとりで渡ってきて、北京や上海から汽車に乗り、どこの駅でも下りると、特に駅周辺に残っていた赤レンガと、最も遠い地域では粘土もあった家並を貫く路地を、疲れも知らずに一日中歩き廻っていた。島国の人たちが「アジア的」とよく呼んでいた風景の中に身を投げた。それよりはるか前の、大陸の東に浮いたもう一つの、亜熱帯の島で父と母と一緒に過ごした少年期の面影を探し求めている、そういう自分にふっと気づくこともあった。

駅も、「新幹線」とどうしてもそんな呼び方が浮かぶ高速鉄路のものものしい大理石の駅に変わり、レンガと粘土と泥とヒビ割れたアスファルトの路地も、近年は来るたびに消えて、近代のものだったのにたったの二十年で古代の宮殿や寺院のように遺跡となった。

どの町も同じだね、とかれが言うと友人がうなずいて、

ハルビンへ行っても広州へ行っても同じになった、方言さえ聞かなければどこにいるのかは分からない、

と答えた。

大陸で生まれ育った友人から、ブルーバードを買ったから大西部へ行ってみないか、と

はじめて提案されたときにかれはすぐに同意した。今回はいっしょに三度目の西部行きとなった。一回目も二回目も、ブルーバードが大西部にたどりついて、建物が一軒もなく、地平線まで広がる草原にさしかかったとき、「藍天白雲《ランティエンバイユン》！」という歓声と同時に、友人の顔には何かから解放されたようなおおらかな表情が浮かんだ。

マンションが何千棟もはびこり、やがては数百棟、数十棟とへり、西安の郊外を過ぎたあたりでかれはまた疲れを覚えた。そしてまた疲れた目のうらにはその三日前に発った和室が浮び、うとうとするとそこにいた自分を思いだした。

漢民族の友人は子供時代のテレビで「おしん《オシング》」と「山口百恵《シャンコーバイイーン》」を見て、近年流行っている昼の抗日ドラマも見て、それで「タタミ」を知っていた。だが「ショウジ」も「フスマ」も「ザタク」も「ザブトン」も分らないし、そんなものをひとつひとつ説明するほどの大陸のことばをかれは知らなかったので、眠たい頭の奥から新宿の部屋の記憶がしのび寄ったとき、そのことを友人に言わないで、一人で思いにふけることにしていた。

その年の夏の午後、新宿の路地裏とは思えないほどの日差しが、障子に濾されてもなお強く流れこんでいた。座卓の上に乱雑に散らばっている原稿用紙やニコチンガムや老眼鏡をどかしたスペースに教科書が開かれていた。

和室にそそぐ陽光で白いページに印刷されている見慣れぬ黒い文字がくっきりと浮かび、その光が襖の上に掛かった黒い唐卡《タンカ》の、観音菩薩の真白な姿に当った。灰色と黒色の模様から菩薩の白く細長い顔が浮かび上り、そのまなざしが八畳の和室を眺めまわしているようだった。

その日もかれは座卓の前に座っていた。いつも以上に読めないことを痛感しながら深い谷間のようにくぼんだり横の線をぶら下げて樹木の曲った枝のように映る形を目でたどっていた。

かれの若い頃の新宿にはなかった猛暑のせいか、路地と、地下鉄の駅に通じる道には何の声もなく、部屋のまわりはしんとしていた。

読めるというよりも何となく知っているような一文字二文字を見て、「オー」とか「カー」といつもより静かに唱えながら、ページをめくった。どうせ分らないだろう、と何ページも飛ばして、やがてたどりついたのは「宗教用語を覚えましょう」という章だった。

ལྷ།　ラー　神

という出だしの下に、

ལྷ་ས།　ラーサ　神の場所

と書かれていた。

信じていないのに、「神」の文字が目に迫り、掘り出されたばかりの未加工の黒いダイヤモンドのように輝いていた。

信じていないのに本当に読みつづけていいのか、と思いつつまたページをめくってみた。

次のページには、

མ་ཎི།　マニ　真言・マントラ

と書かれていた。そのすぐとなりのことばがかれの目に止まった。

རིན་པོ་ཆེ་　リンポーチェ　活仏、人間の姿に生まれ変った仏

その文字をしばらくじっと見入った。島国に移住する前の学生時代に生まれた大陸から

何度も渡ってきて、新宿や大久保や高田馬場の、三畳や四畳半のこのような部屋で島国の文字を目でたどっていた自分をまた思いだした。しかし、あの頃のように文字はすんなりと頭に入らなくなった。マニ、と何度も発音してみた。だが、昔の「あ」とか「く」のように「མ《マ》」とか「ནི《ニ》」はページから脳に映って像を結ぶことはなかった、自分への苛立ちを覚えて、座卓の上の教科書をとじてしまった。

教科書の表紙の白いポタラ宮が新宿の光を受けてきらめいていた。ワシントンから持ち帰った母の書類を収めた押し入れの、その襖の上に掛かっている菩薩のまなざしをかれは感じた。ལྷとかསの文字の形をなるべく見ないで、ラーサ、神の場所、リンポーチェ、活仏、と発音と意味だけを口から出してみた。

ラーサ、ラーサ、リンポーチェ、リンポーチェ、カミ、カミ、ブッダ、ブッダ、と音がたてつづけに口から出て、聞き手のいない広い和室の中でこだました。発音をくり返しているうちにコッケイな気持ちになった。ある種の空しさも感じた。

路地からすこし離れたところで、島国の声が一つ、二つ聞こえたような気がしたが、それも路地に近づいた車の音によって消された。

島国の人々がはじめて聖書のことばに触れて、「神」をめぐる異質な音を口にしたとき、このような異和感を覚えたのか、と一瞬、かれは想像した。またゆっくりと原稿用紙が散らばっている座卓に手を伸ばして、教科書を開いてみた。

「宗教用語を覚えましょう」という章がすぐに終った。「神」や「仏」のくだりが終ったことでかれは半ばほっとした気持ちとなってさらにページをめくった。草原に点在する白いテントと、山の傾斜にたたずむヤクの群れの写真と、「ノーマッド・トーク　遊牧民と話しましょう」と題する章にたどりついた。

白いページの上でまた踊りだした黒い文字をもはや見ないで、カタカナの発音記号も読み飛ばして、ひたすらその訳文を目で追った。

障子を通した光が照らしだす白いページの上で草山と雪山と谷間、馬と小馬、羊と狼と番犬、チベット高原で生きる人たちの単語が見開きのページから飛び立った。

やがて海抜三千メートルの質問が現われた。

あなたの家にはヤクが何頭いる？

そして「ヤク」と「人」が対等である、というわけでもないが、どちらも生命の一例であるかのように、そのすぐあとに、あなたの家には何人いるか？

というもう一つの問いが記されていた。

六人

と遊牧民が答える。

父、母、弟、妹二人

かれは最初のことば、父、母、に目が止まった。
アパー、アマー、と和室の中で静かに口にした。
世界の誰でも、生まれてからしばらくして口から出す音の、その文字を確めた。

ཨ་ཕ།　ཨ་མ།

かれはページをめくった。

アマーをめぐる短い文章がつづいていた。

お母さんは毎日、何をしているか？

お母さんは毎日、草山でヤクを放つ
お母さんは、いくつか？

文字の連なりが頭に入らないから、発音記号を見た。

アマー　ロー　ジモーヨー？

かれは急に疲れを感じた。草原から一つの大陸と一つの海を離れて、読めるはずのない文字を読もうとしていた、そのせいだろう、頭の奥から疲労が押し寄せてきた。

アマー　ロー　ジモーヨー？

文字と発音記号をにらみながら、二年前から母は、いくつもない、いくつもなくなった、とそのことを何とかことばにしようとして、教科書に向って反論しているかのように、声を荒らげて言った。

障子から流れこむ日差しが急に遮断され、和室の中が真暗になった。めずらしい、夏の嵐で新宿の午後の空から明りがとつぜん消されてしまった、と思って目をあけると、ブルーバードがトンネルに入っていた。

あなたは昼寝をしていたみたいだ、その間に阿房宮も法門寺も過ぎて、平原が終って西の山脈が始まりましたよ、という漢民族の友人の声で新宿の部屋の回想が切れた。

ブルーバードが五分間、十分間走りつづけた。フロントガラスの中はいつまでもトンネルの中だった。

長いトンネルだね、とかれが大陸の標準語にもどった声で言った。

二十二キロだ、と友人がさりげなく答えた。今日は五十八のトンネルを通ることになっているんだが、これは一番長い、と言った。

大西部はそう簡単に行けるところではない。それでも前にも後にも車が多かった。トヨタもビュイックも、国産車のハバルも、東海岸の裕福な町の共産党書記のものだろうか、黒くてしなやかなアウディもあった。黄色とオレンジ色と白色の高層マンションの地下駐車場から出発してみんなが西に向っているようだった。トンネルの天井に掛かっている電子掲示板には監視カメラでとられて即座に掲示されるスピード違反をした各省の車のナンバーが赤く点滅していた。

お金のために生きている世界から、お金で買ったマイカーに乗り、お金以外の何かを探し求めるように、東海岸の都市民が次から次へと西へ急いでいるようだった。

二十二キロのトンネルのあとは三キロのトンネルや六キロのトンネルを通りすぎた。トンネルとトンネルの間も短く、何とか山、何とか村という前方のトンネルの名前を読みとるとすぐにまた中に入った。

どのトンネルも西に向かうマイカーで混んでいて、天井の電子板には省の数字の閃光がとめどなく点滅していた。人民解放軍出身の友人の運転はしっかりしていたからかれは恐くなかった。大陸の腸の中を通り抜けている感覚で、三十いくつ目のトンネルのあたりで、むしろトンネルの中にいるのが当然となって、五十八番目のトンネルを出て、道の先にまた平原が開けた瞬間はかえっておどろいた。

西北方向に伸びる平原の上で、高速公路は両側に連なる低い山の間をぬいながらゆるやかに曲っていた。平原が広がったところに林立した一かたまり二かたまりの単位できらめく高層マンション群を過ぎると、道のすぐわきまで黄土の山々が急に迫ってきた。その山はだは乾燥していて、樹木は少なく、家々もとつぜん減っていた。

雨量が足りないのだろう、山はどれも黄色くて、村落はどれも二十年前や三十年前の山東省に似ている、と友人がすこしあわれみのにじんだ声でつぶやいた。

莫言の青春時代をたどっている、とかれは一瞬思った。こんな遠いところまで来なくても山東省も河北省も何省も、貧困の底から「文学」があますほど滲んでいた。

「文学」とは無縁の友人にはその思いを口にしなかった。

母も「文学」とは無縁な人だった。母は、息子が島国に渡って「文学」に身を投じたことを、最後まで理解できなかった。

枯れた山はだの、その山頂に廟が見えた。五分が経つとまた同じような廟が現われた。小さすぎて、あるいは貧しすぎて、神主も来ないような、人気のない廟ばかりだった。山はだの何ヵ所かには細長い墓石が立っていた。いくつかの墓石は、上から赤い布に被われていた。赤いずきんをかぶった島国の地蔵にも似ている、とかれは思った。

漢民族のお寺だろう、とかれが言うと、そうかもしれない、と友人が、自国なのに異質な風土に入りこんだせいだろう、いつもより自信のなさそうな声で答えた。

高速公路は何ヵ所か大きく曲ってはまたまっすぐになり、西へつづいていた。

大空がさらに大きくなっているような気がした。「天空」ということばを久しぶりに思いだした。太陽の光が障子を通して流れこんでいた猛暑日の新宿の光よりさらに強く、いくら走っても和らぐことはなかった。

大空の西の果てにはチベット高原が始まる。高原の道を友人が「天路」と呼んでいる、そのことをかれは思いだした。

あと五、六百キロで高原に着くからもうすこしガマンして、と友人がフロントガラスのサンバイザーを下ろして、西日にたじろぎながら言った。

禿山と廟と漢民族の墓石に太陽が照りつけているのを横の窓ごしににらんでいるうちに、高速公路はおおよそシルクロードの東の一部の上をたどっている、と気がついた。同じ風景が三時間つづいてようやく日が暮れかかった頃に、ブルーバードは敦煌方面へ急ぐマイカーの列と分れて、高速公路の出口を下りた。

出口の標識に書かれた地名は、革命前の「蘭州」から「兰州」に変った。島国から大陸に渡りはじめた頃はそのようなことはひどく気になっていたが、今は頭の中では別の文字を想像していたので、ほとんど気に留めないで、出口ランプの下に広がる黄河にひたすら視線をそそいだ。

山東省から始まって、三千キロ走って、結局は同じ黄河だ、と友人が感慨とも疲労とも聞こえる声でつぶやいた。

黄河の両岸に一千棟ほどだろうか、高層ビルがぎっしりと並んでいた。フロントガラスの中で近づいた河の暗い波には歌舞伎町十個分のネオンサインが揺らいでいた。大橋の入口にかかった看板には河の波から若い女性の形が浮かび上る彫刻の写真が大きく映っていた。その女性がふくよかなうでを伸ばして二歳ほどの男の子を抱いていた。「黄河—中华民族之母」と黄金の文字が書かれていた。

その文字の下の、

Our Mother, Our China:
Yellow River

と原文にまけないほど大きな翻訳文がかれの目に飛びこんだ。

大橋を渡った向こう岸の、「中华民族之母」の有名な彫刻がある公園の近くの、黄河のすぐほとりに建つ二十階建てのホテルにかれは泊まることになった。それまでは服務区の簡易宿に泊まっていたが、「明日は大変だから」と言って友人のすすめで高級ホテルを選んだ。

あなたにも一つ部屋をおごろう、とかれは言ってみたが、友人は、ここは静かだからあなたは泊まりなさい、私は子供時代からうるさいのになれている、となりの部屋がマージャンであろうがケンカであろうが娼婦であろうが他人の声を気にしないで眠れる、あなたはそうでもない、とことわり、近くの星一つも付いていない安宿に泊まった。

四つの金星をかざしたフロントデスクでかれはひとりでチェックインした。フロントデスクの奥の壁にかかった大西部の山々の間で逆巻く黄河の写真の下にも、「中华民族之母」という字が書かれていた。かれはもう一つの大陸国のパスポートを提示して、ルーム・キー・カードをもらった。

黄河に面している広々とした部屋のベッドの、真白でやわらかなシーツの中にかれはすぐ入りこみ、横になった。

これだけの旅程を果たしたからぐっすりと眠れるだろう、と何語でもない思いでふわふわとした枕の輪郭を頭のうしろに感じ、この大陸ではめずらしいほどの静けさにつつまれて行った。いつもより早く眠りについて、その闇の中から夢もすぐに開いた。夢の中で禿山が西へ西へと連なり、その黄土の山はだには、地蔵のような赤い布をかぶった墓石が現われた。

夢の中で携帯電話が鳴った。

夢の中でかれは口を動かして、もしもし、と言った。

返事はなかったからウェイ、ニーハオと言った。携帯電話から沈黙がしばらく流れてきた。そして沈黙を破るように女の大声の Hello がこだました。

ワシントンの妹の声だった。その声は Your mother と言いかけた。おかあさんはどうしたのか、と自分の体の奥から生まれた島国の声をあわてて翻訳して口に出した。そのとたんに妹の声が消えて、禿山の上に藍天白雲がただ静かに広がった。

静けさがしばらくつづいてから、また違った電話の音が鳴りだした。新宿の部屋の、たて文字の書物がぎっしり詰まった本棚の下の段にある固定電話の音だった。留守を告げる島国のことばのあとに発信音が鳴ると、同じ妹の声があわただしく、また Your mother と言っていた。

返事をしようと思ったが、また疲労によってぜいたくな静けさに引きもどされた。

夢の中でブルーバードが動きだした。莫言のイメージを探しに山東省の村に出かけた、古い国道を走るブルーバードの中で携帯電話が鳴りだした。

かれのファーストネームを告げる妹の声が、Do you hear me? と聞いていた。Yes, と弱々しい声で答えると、Your mother とただくり返し、それからあなたのお母さんは、你《ニー》的媽媽《デママ》と、音色を変えながら響きつづけた。

聞こうとしないかれに対して妹の声がすこしずつ狼狽しだした。大陸で聞いた、もう一つの大陸の声なのに、聞いているうちにかれの頭の中で島国の声となって、頭いっぱいに鳴り響いた。

とにかく、早く、帰ってきなさい！

うるさい！　と島国の子供さながらにかれがどなった。ふわふわの枕を投げて、とつぜん、目が覚めた。

体がにわかにふるえているのに気がついた。広いシングル・ルームを見渡した。カバンを置いたその上の窓が半ばあいているのが分った。窓から黄河の風がとめどなく吹きこんでいた。

覚めた頭の中から Your mother の残響がやがて消えて行った。

窓をしめると、黄河の波の音もなくなった。ふるえが治まったあと、かれは濃厚な静けさの中でしばらくひとりで立ちつくした。

4

無数の祈りの小旗をくぐって山頂を離れると、道は最初、わずかに下り坂だったが、そのすぐあとに平らになった。ブルーバードの横の窓には樹木などはなく、平原が見渡すかぎりつづいていて、その平原を細く切り裂く銀色の川が現われた。川の向こう岸には無数の落石が昼の光を受けてきらめいているのもかれの目に入った。

「世界の屋上」は、かれがはじめて来る前に想像していたのと違って、ただ広大な平原がつづいているのではなく、平原の道の両側に山が現われて、その山が近くなったり遠くなったりしていた。

川辺の奥の方には暗緑色の山が見えた。その山のうしろにはまた灰色の山が連なっていた。山一つ一つはくっきりとした形をしていた。山一つ一つは、もし島国だったら国立公園に指定されるほどの景観であった。何千ものそのような山は、たぶんラーサの方向だろう、幾重にも幾重にもつづいているのだろう。ダライ・ラマだったかパンチェン・ラマだったか、十八世紀にラーサを出発して北京へ御行したとき、その旅は一年半かかった、という話をチベット・ガイドブックで読んだことがあった。道などない時代にたぶんこの辺りを通っていたのだろう。遠くの山と近くの川辺と、山から雨と雪とともにころがってきた白い落石がブルーバードの窓に映っているのをかれは黙って見つづけた。

川のせせらぎが聞こえたような気もしたが、風景のどこにも人の声はなかった。大陸を渡りついに高原にたどりついたのだという高揚とともに、島国の四倍とも五倍ともいわれている領域にはチベット人こと蔵民は六百万人しかいない、それが故だろう、漢民族と回民族でごったがえす山頂のあちら側ではまず感じることのない淋しさが、山と川辺とにぶく光っている白い落石の静寂から滲んでいた。

なのにミラーに映る漢民族の友人の顔は、人のいないことでむしろよろこんでいるかのように、おどろきとともにこの数日間の大陸横断では見ることはなかった、「至福」という島国のことばが浮かぶような表情がうかがえた。

ブルーバードが走っていくうちにまわりの土地がすこしずつ広くなっているような気がした。川幅が変わらないのに川辺が大きくなり、右も左も山々が道から遠ざかりしりぞいていた。

いつの間にか落石もなくなり、土はいたるところで薄緑の草におおわれるようになった。左側の、道から離れた山の麓には、廃墟となった古い石造の家が一軒、ようやく現われた。屋根がとっくになくなり、ただ色あせた柱が残り、小さなストーンヘンジのように草地の上にたたずんでいた。そのとなりには、ヤクを収容していたであろう、同じ茶色の石の囲い柵がくずれたまま、草地からわずかに盛り上っているのも何とか見分けられた。廃屋の背後には草地が遠い山の麓まで変わらずつづいていた。草地にも山の傾斜にも人も動物もいなく、風景は大きな静けさにつつまれていた。

アマーとかれはぽつんと言った。

異質な音に友人が振りかえり、何と言った、と聞いた。

何でもない、とかれは答えて、かつてはヤクがいたはずの崩れた囲い柵を窓の中でじっと見た。

母は毎日、ヤクの群れを放っている
新宿の部屋で読んだ教科書の例文が頭に甦り、そしてすぐに消えた。

原文の「アマー」しか思いだせなくて、そのあとは翻訳文のままだった。

道はまっすぐにつづいた。フロントガラスには草原がさらに広がった。草原は、ここへ来る前にチベット・ガイドブックの写真で見たように平坦ではなく、遠くなった山の麓に向ってわずかながらうねっているのが分った。道のすぐわきにも道から奥まった草地の上にも茶色い石の遺跡がまた二、三個現われて、それからしばらくはなかった。

道は何となく南の方向に延びていた。

平原の両側の山はすべて草山だった。山はだは薄緑一色なのだが、山頂近くの草の中から岩が巨大な歯のように突出して、山頂そのものには不規則に尖塔が立ち並ぶように見えた。

道は、草原の只中に敷かれた細いリボンのように、またつづいていた。

二十分ほど走ったあたりで道しるべが目に入った。何とか村という漢字の下に、蔵文が書かれていた。

新宿の部屋で見たのと同じような文字が、実際の風景の中で一点、もう一点と現われた。

どれもかれには読めなかった。

たとえ読めなくても、大陸の長い旅の果てに風景がはじめて、あのような文字で名づけられているのだ、とかれは小さな感慨を覚えて、你看《ニーカン》、蔵文《ツァンウェン》、見て、蔵文だ、という声をもらした。

蔵文の上に書かれている漢字も、山東省や河南省の村の名前とは異質で見なれないものだった。

蔵文を何とか読もうとフロントガラスに浮かんだ標識に視線をそそいだが、ブルーバードの速度で文字の形がぼやけた。

標識を通りすぎて、一キロほど走ったところでは、道の左側の、草原のうねりの高所に、黒い斑点が見えてきた。黒い斑点が何十にもふえて、薄緑の草地の上でゆっくりと動いているようだった。

山の尾根まで近づいた雲の黒いかげにも見えたが、動きが不規則だ、と思ったとたんに、生きものだと分り、また一瞬経つとヤクの群れだと分った。

黒々と草地をおおったヤクの群れを目で追うと、その群れの最後にヤクを見守っている、山を越えてからはじめての人の姿が見分けられた。

人は、ひざまで伸びた民族衣裳をまとった男だった。ヤクの群れに向ってだみ声で叫ぶと、ヤクはしぶしぶとそれにしたがうように数センチ先へ移動した。

アマー、母は毎日、という文章が脳裏に浮かび、草の上で動く動物の群れが再び黒い斑点のかたまりとなって消えてゆくのをブルーバードのうしろの窓でじっと見とどけた。

ほら、二千七百メートルに違いない、本当に高原に到達した、と友人がまわりの風景を指して、そのことを確めるように、言った。

三千《サンチエン》、それに近づいたのだろう、とかれが友人と同じ大陸の声で答えた、その直後に、道からすこし離れた台地の上に、コンクリート造りの小さな平屋が建っているのが目に入った。

家のそばには、むらさき色の前垂れを着た女が前へかがみ薪を積んでいる様子が小さく見えた。

一部屋しかないかもしれない小さな家の、その横の壁には十字架とも思われる模様がぬられていた。一瞬、百年前の北欧の山奥にたたずむ小屋をかれは連想した。ブルーバードが近づいて、窓越しによく見ると、その模様の線がやわらかく曲っている。もちろん、十字架ではない。何派だろうか、仏教の印に違いない。

小屋を通りすぎると、先の方にも、同じように道からすこし離れた台地の上に同じ形の家が二軒、三軒あった。どれも横の壁に何を象徴しているのか分らない印がぬられていた。

もしスェーデンやフィンランドの山奥の村落だったら家の近くにはかならず石の十字架や墓石がある。ここには現に人が住んでいる家がある、なのにどこにも墓はない、とかれはふっと気がついた。

数秒の間、頭の中は空虚になった。そのあと、天葬場があるという大寺院の裏のぎざぎざの山頂の像が浮かんだ。

これから、百キロも二百キロも、村があっても町があっても、病人がいても老人がいても、墓というものはないかもしれない。

それから小屋も見えなくなった。漢民族の友人の今でも人民解放軍風にかり上げた頭越しに、フロントガラスの中で草原は海原のようにうねりながら緑になり土色になってつづいていた。空の幅が広がったような気がした。

道端の、ちょうどさっきの小屋が建っていたのと同じ高さの台地に、白いテントが現われた。テントの近くにはまたヤクの群れがのろのろと動いていた。ヤクを看守している馬上の少年が、行け行け、ときつい表情で口笛をふいた。静まりかえった風景の中でその音がするどくこだました。

道の両側には白いテントが雨後のタケノコのように急にふえた。テントごとに灰色と茶色と紅色の長衣をまとった家族がいた。平地から山の麓まで、そして山腹そのものにもヤクの黒いかたまり、その直後に羊の白いかたまりが現われた。遊牧民は多忙で、かれらの野営地のすぐ下を通りすぎる山東省ナンバーのブルーバードに気をとられるひまもないようだった。

テントがあると、その周りに遊牧民が四、五人集っていた。当然、チベット語、いや蔵文で話しているだろう。だがブルーバードの窓からうかがうと、会話そのものが少ないようで、一人一人が黙々と自分の仕事に夢中である。草原の上でとつぜん人がふえたのにあたりの静けさはあまり変わらない。

かれはブルーバードを下りて、話せないと分っているのにそこの誰かと話したい、という衝動にかられた。だが、静けさに深入りするようにブルーバードはただまっすぐに走りつづけた。道の先では遊牧民がさらにふえて道の両側にヤク、またヤクが平地にも台地にも近い山の斜面にもあふれだし、その辺りから道がまた上り勾配となりはじめた。

急彎《ジーワン》、急彎《ジーワン》！　とダッシュボードのスピーカーから女の声が響き、一つまた一つと急カーブをすばやく曲りながらブルーバードはつづら折りを登って行った。途中でうしろに真白な馬を乗せた軽トラックとすれ違った。

こちらも、山頂にたどりつくとひもにつるされた色とりどりの祈りの小旗に印刷された何百もの細い文字群の下をくぐった。

百年の間、通行人が「ソーソーソー！」と叫び、「ラー、ギェロー！」、「神に勝利を！」と叫びつつ、馬上から、セダン車から、寒いのにバスの窓をあけてその中から投げつづけてきた、馬の絵を描いた紙片が幾重にも重なったでこぼこの舗装の上をブルーバードがゆっくりと進んだ。山頂を抜けると道はまた大きく曲りながら長い下り坂となった。

下り坂の途中で、右側の窓には谷間が遠くまで広がっているのが見えた。その谷間がどこまでもつづいている、と思うと、はるか向こうの方ではまた違った山の連なりでとつぜん終った。

谷間の上に太陽の光が差し、薄緑の草地が色を変えて、宮殿の黄金の床を想わせるように照り輝いていた。

坂道のすぐ近くには、さきと同じ形のコンクリートの平屋が一軒だけ建っていた。大空の下で模様のある壁がピンク色に光っていた。

ブルーバードの横の窓いっぱいに映る黄金色の谷間は自分の谷間となって、そこにぽつんと建つコンクリートの家に永住した自分を想像した。きらめく大空の下のたった一軒からは淋しさも感じられた。名もない遠い山まで伸びる草地に窓ごしにじっと見入った。友人もあっけに取られたように何度も頭を右に廻して風景を見つづけた。風景をつつみこんだ大きな静けさがブルーバードの中にも流れこんだ。その静けさを「急彎《ジーワン》、急彎《ジーワン》！」と注意をする女の漢語の声が破り、長い下り坂を下りきった道がとつぜんするどく曲った。かれはあわてて振りかえったが、黄金の谷間はすでにうしろに消えていた。

谷間の光景をすこしでも記憶に残そうと、かれは目をつむった。目のうちでは、もう一つ、草におおわれた谷間が陽の光を受けて照り輝いていた。土はうねり、平らとなり、またうねっていた。草が途絶えるあたりでは不揃いな低木もあった。

もう一つの大陸の、うねる草地には何千もの墓石と十字架が立っていた。

低木のすぐ手前の、新しい墓の前にかれは立っていた。かれといっしょに、ポーランド系の親戚とユダヤ系の親戚、それにその前の夜に島国から飛んできた女友達もいた。しなければならないことをすべてし終えて、小さなグループがぼう然と立ちつくしていた。

では、どうしたらいいのか、とポーランド系のいとこがかれの顔をうかがった。

母は、もしこんなことになったらNo priests!　神父はいやだ、と何年か前にはっきり言っていた。

うねる草地の上に朝の光が渡り、アルファベットで名前を記した何千もの白い石がきらめいていた、低木のうらに大陸の大空が広がっていた。

どうしたらいいのか、かれはとまどった。子供時代に教えられた話ではこんなとき人は光に導かれて天へ昇ってゆくという。

だが、本人ですらそう思っていなかった。

どうしたらいいのか、ユダヤ系のいとこもぎこちなく立ちながらかれを見た。

どう受け止めればいいのか、どう理解すればいいのか、いったいどうしたらいいのか。

不愉快な沈黙がしばらくつづいた。

やがてかれは女友達が空港で買って持ってきた白い花の束を見て、それから花を人数分取った。

島国の習慣にしたがって一人一人に、各々の思いをたくして花をそこへ置いて下さい、と生まれた大陸のことばを久しぶりに口にしながら、言った。

白い花がまだらに落ちている新しい墓を離れて、かれを先頭に小さなグループは草地の上を黙って歩きだした。ほおに流れた泪をぬぐいながら、足元に土のうねりを確かに感じた。どうしたらいいのか、という問いに答えが出ないまま、道端で待っている黒いリムジンに乗りこんだ。

高原への段差をブルーバードがついに登りきったのか、それからは山道もつづら折りもなく、細い国道がいつまで経っても変わらない薄緑の平地の上でまっすぐにつづいていた。

前の平地と同じように、道の両側にはパステル色の低い山が遠くなったり近くなったりしていたものの、せまかったり広かったりする平地そのものは見るかぎり平坦だった。道のすぐわきにはテントがかたまっては消えて、また十分か十五分走ると風景のもはや当然な細部として再び視線に入った。

一千年草地にテントを張り、一千年ヤクと羊を放ちつづけてきた。その一千年の人の営みを記す墓はどこにもない。

また三十分ほど経つと、道のそばにはコンクリートの小屋が十軒ほどかたまり、道標にはまた莫言の小説にはないような漢語と、蔵文の村落の名前が書かれていた。村落の端には小さな商店が見えた。島国で計れば三畳か四畳ほどの広さもない商店の前には何台かのモーターバイクが止まっていた。モーターバイクにはどれもそのハンドルに色彩豊かな祈りの布が結ばれていた。

商店には装飾的な蔵文と、「遊牧民便利店」という意味の漢語の看板が掛かっていた。「ノーマッド・コンビニ」とかれは頭の中で翻訳してしまった。大陸の友人に通じないのにそんなカタカナが小さな笑い声とともに口からもれた。

友人が、また変なことを言った、といういぶかしげな顔つきで一瞬振りかえり、それからフロントガラスに視線をもどした。フロントガラスの中で道がまたまっすぐに伸びていた。

また十分ほど走ったところで左側の山が近づいてきた。平地の草原と同じ薄緑色で、他の山と同じく頂のすぐ下まで草におおわれていた。山のすぐ下までブルーバードがたどりついたとき、右側の奥にそれまでになかった細く白い線が浮かんだ。

你看《ニーカン》、見て、とかれが今度は大陸のことばをもらした。地平線は、どうしたのか。

友人はかり上げた頭を右に向けてはまっすぐにもどし、そしてもう一度右側の草原の奥に伸びる白い線を見た。人民解放軍時代に学んだ大陸の地理のレッスンを思いだそうとしているのか、それにじっと見入った。

それからしかめ面となって、半信半疑の声で、砂漠だ、と言った。

チベット高原にとつぜんエジプトが隣接してきた、と思わせる光景、薄緑が白色に変わり、土が粒子に変質していた。

薄緑が尽きて、砂の細い地帯が白く光っていた。

あんなもの、いつできたのか、と友人が怒りも混じった声でつぶやいた。

砂と化した地平線が何キロもつづいていた。

かれはまた黙りこんで、大空の下の白い線を目で追った。

そのうちに島国のことばが頭に浮かんだ。妙なことばだと自分でも思った。

昼の底が白くなった

かれが若い頃に、新宿のどこかの部屋で読んだ名文が変質して甦ってきた。雪国を書いた島国のことばは、しかし大陸の雪域では誰も知らない。一千キロ走っても知っている人はいない。通じないジョークはつまらない、考えなかったことにしよう、とすぐに思いなおしたが、昼の大空の下の白い線から目を離すことはできなかった。

新宿の部屋から実に遠くへ来たのだ、と思った。

新宿の部屋を発って、ワシントンへ飛んだときよりも遠くへ来た、という気がした。

三十分経つと右側に連なる山が道に近づいてきた。地平線の白色地帯がその山の背に隠れたようで、見えなくなった。

コンクリートの家と、村落の標識がまた現われて、道のすぐわきにノーマッド・コンビニも一軒建っていた。その商店で買い物を済ましたモーターバイクの遊牧民が、目以外の顔を厚い布でくるめたままうしろからやってきて、猛スピードでブルーバードを追い越した。そのあとは道に車の気配はなかった。近づいてきた山の麓に刃で切り開かれたように険しい岩間が開き、そのすぐ上までふわふわの雲がゆっくりと流れていた。

頂まで草におおわれた山がさらに近づき、いつの間にかブルーバードがその真下を走るようになった。

他の山と同じように斜面に白いテントが張られて、そのすぐ近くにヤクの黒い群れがスローモーションで動いているのが見えた。ヤクを放っている男の、蔵文に違いない声がかすかに聞こえて、斜面のどこかからチベット犬の大きな吠え声もとどろいていた。

斜面の丸みもくぼみもすべて草におおわれていた。一色の薄緑が見ているかれと、おそらく友人の、目が痛むほどまぶしく光っていた。

右側の窓の中で展開される山の広々とした斜面と、その上で働いている蔵民の姿にかれはじっと見入っている、そのうちに山腹の真中あたりの白いかたまりが目に止まった、かたまりは羊の群れだと思った。だが、近くには羊飼いの気配もなかったし、かたまりはすこしも動いていない。

かたまりは一つだけではない。五つにも六つにも、別個の小さなかたまりに分れていた。そして複雑で人為的な線を描いているのであった。

文字だ、とかれは直感した。

山腹の草の中から白い文字が生えているようだった。

山のすぐ下までブルーバードが進むと、薄緑の山はだから盛り上った、小石を並べて創られた文字がくっきりとうかがえた。山頂近くから山腹の真中あたりにかけて、通る人の目に必ず入るように、文字がたてに連なっていた。

ཨོཾ མ ཎི པདྨེ ཧཱུྃ

いくら見上げても読めるはずはない。かれはそう思ったが、車の中からじっと見つづけているうちに最初の文字に見覚えがあった。

ཨོཾ

と山の上から鳥が飛び立つような文字は、その前の年に、大寺院の周りをめぐるコーラの参道の途中、石に黄金のペンキで書かれていたのではないか、と気がついた。

オム、という文字だった。

そのとき、参拝者の遊牧民から、

オム、マ、ニ、ペ、メ、フム

という音を教えてもらった。それは「チベット人なら誰でも知っている呪文」であるとガイドブックにも書かれていた。山はだから呪文がくっきりと滲み出ていた。

近くにお寺があるかもしれない、と高原にたどりついてからはじめて、そんな予感がした。

登れるところまで登ったのか、道にはもう上り勾配はなく、どこまでも平らな、広大な薄緑の中の細い銀色の線となってつづいていた。

風景は前とあまり変わらない、と友人がフロントガラスに映る草原とまた遠ざかった山を見ながらつぶやいた。

もうもどりましょう、とすこし命令調の声で言った。

まだ昼のうちに大都会にもどりましょう、日が暮れてから蔵民地区の山道は走りたくない。

もうすこし行きましょう、とかれは答えた。もうすこし奥へ、と言いたかった。が、大陸のことばで「奥」はうまく言えないし、草原にはそもそも「奥」があるのか、言えるほどの自信はなかった。

じゃ、一時間だけ走って、それから引返しましょうか。

友人の声は、友人も高原の風景を打ち切るのがおしいように聞こえた。

道端には人はさらに少なくなったような気がした。両側の草地の上でヤクも羊も実際に少なかった。大陸の土がおだやかな海に変ったように草原が波打ってうねり、凪いだかと思うとまたうねりだした。十三億人がうそだったかのように風景は空虚となった。人がいないところへどんどん入ってゆくのではないかという不安を感じだして、友人が言う通りに大都会へ引返すのもいいかもしれない、と気持ちが変わりはじめた。

そのとき、道のはるか先の方で赤い点が動いているのに気がついた。草原にも蜃気楼があるのか、と最初は自分の目を疑った。だが薄緑の中でブルーバードが走りつづけると、赤い点がふえて、二つとなり、三つとなった。赤い点が垂直の形をしているらしい。人間であるかもしれない、と感じると、その直立した赤い形がたてつづけに倒れて、また立ち上ってはまた倒れて、こちらに向って一直線に進んでいるのが見てとれた。

赤い点も動き、ブルーバードも動いていたので、二、三分も経たないうちにフロントガラスの中で朱色の法衣をまとった、かり上げた頭の僧侶の姿がはっきりと映った。

朱色の人物たちはやがてブルーバードのすぐ前に現われた。俗人たちの視線になど無頓着に、一人一人は土の上で横になっては立ち上り、立ち上ったときに天に向って合掌をして、そしてまた土を抱くように倒れた。

五体投地だ、とかれも友人も言わず、その光景の前でブルーバードは自然に止まった。かれはドアをあけて下りた。両脚がふらついた。高原に来てから車を下りて土を踏むのははじめてだった。

友人も下りた。

車から下りた漢民族と西洋人の二人が目の前に立っていると、僧侶たちがさすがにおどろいたようで、五体投地の動作をやめた。

チョーデモー、と教科書で覚えた「アムド方言のニーハオ」をかれは言ってみた。

チョーデモー、と先頭に立っている僧が返辞した。僧は十六歳ぐらいだろう。そのうしろにいる二人の僧はおそらくもっと若い、十四歳か十五歳だろう。

島国の田舎の高校の運動部の生徒にも似ている、とかれは思った。文字通りの坊主頭で、銅色の顔には明るいのに真剣な表情が現われていた。

漢話《ハンファ》、分るか、と漢民族の友人がその漢話《ハンファ》で聞いた。

先頭の僧が頭を振り、いいえ、という仕草の手で空気を切った。

新宿の部屋の、午後の光が照らした教科書のページの記憶を、写真の細部を思いだそう

とするようにじっと探り出し、やがてゆっくりと、

ゴンパ、ヨー？

と聞いた。

お寺、あるか？

三人の僧が一斉に振りかえり、うしろに連なる山を指した。

ヨー、と先頭の僧侶が答えた。

ヨーヨー、と二人の後輩が鸚鵡返しした。

ある、あるある、と教えることによろこびを感じているように、すこし高揚した声がたてつづけにこだました。

指された方向を目で追うと、薄緑の山の麓に金めっきのような小さな光があった。

山麓にたたずむ寺院の、そこが舎利塔なのかもしれない。

三人の僧侶が再び行列をなし、土を抱き、立ち上り、また天に向って合掌する動作を始めた。ブルーバードのすぐ横を通り、五百年前の運動部員を想わせるようにきびきびした動きをくり返し、黙々と道をまた遠ざかって行った。

国道から右へ入るいくつかの村道から麓のお寺にたどりつけそうな一つを選び、そこへ

曲った。人と馬とヤクしか通れないような未舗装の小道で、ブルーバードのタイヤが何度もあぶなくジャリに接触しそうになったので、注意深く走って行った。

草地のうねりの上に建つコンクリートの小屋のそばにも、高台で張られた白いテントの近くにも、島国の幟を想わせる、旗ざおに結ばれた細長い祈りの旗が視野に入った。普段は蔵民しか入らない領域にブルーバードがすこしずつ入りこんで行った。その間に二度もみぞの上を走った。そのつど車体のどこかが固い土でこすれるするどい音がした。

こんなところでパンクでもしたら大変なことになる、と友人がすこし声を荒らげた。

横の窓に映る、盛り上った草地の上で何頭かのヤクが角のある黒い頭を下げて草をはんでいた。小さな群れのそばには女が現われた。女は地味な茶色の長い衣を着た、蔵民だった。女のとなりには四歳か五歳の少年がいて、短いむちでヤクの体を軽くたたいていた。

母は毎日、草地でヤクを放っている

揺れながら慎重に走っているブルーバードに、蔵民の女と子供がななめから近づいて来ていた。

車を止めて、聞こう、とかれが言いだした。

何語で聞くんだよ、と友人が緊張した声で返辞したが、ブルーバードを止めてくれた。

窓の中でヤクが長い毛をゆらしながらのろのろと動き、ヤクの群れのそばの女と子供がすこしずつ等身大に映った。

ブルーバードの真横に女と子供がやがてたどりついた。

かれは横の窓をあけて、ためらいがちに手を振った。

女がすこし不意を打たれたように歩調を止めた。見なれぬ色の手が振られているのに少年が気づいて、母の衣のうしろにその姿を隠した。

チョーデモーと方言のあいさつをして、それから「ゴンパ」と言いだした。

へ行きたい、と言えないのに気づいて、おどろいた表情の、たぶん三十代なのに四十代以上に見える、銅の円盤にひびが入ったようにしわのある丸い顔をうかがった。

アマー、と一瞬かれは言いだしそうになった。女は自分より二十歳も三十歳も若いのを急に意識しだした。

こんにちは、お寺、と言われても何の意味もくめなかったのか当惑したような女に対して、かれもとまどった。女が離れてしまう前に、と新宿の光を受けた教科書のページを一心に思いだそうとした。島国のことばと同じ語順、なのに細部においては微妙に違う文章が、カタカナのままで浮かび、かれの口を出た。

ゴンパ、ゴンパ、ラム、ディ、レイ？

お寺、お寺、道このであるか

女は、そんな用件だったのか、と安心したように、銀の入れ歯いっぱいの口をあけて、

ラム、ディ、レイ、ラム、ディ、レイ

と力強い声で答えた。

道このである、道このである

かれはうれしくなって、そのうれしさのあまり、やはり道このであったか、とそんなことばが頭に浮かんだ。

ありがとう、の蔵文を覚えて来なかったのでまた自分の手を振った。

通訳しなくてもやりとりの内容が漢民族の友人にも伝わったらしくて、ブルーバードがたちまち動きだした。

女と子供とヤクがじっと、去ってゆくブルーバードを見守っているのがうしろの窓から

見えた。

母は毎日、草地でヤクを放っている、という例文が再び頭をよぎった。だが、アマー、という主語しか覚えていなかった。

でこぼこの小道が大きく曲った。村落とすらいえないほどのコンクリートの平家が数軒現われて、そこを過ぎてからすぐ、寺院の反り屋根と赤い山門と、左側には黄金色の舎利塔がフロントガラス越しに見えてきた。

耳の中でことばの断片がおどりだした。


車が心配だし、でこぼこの道で運転に疲れがでてきた、私は風景を見るだけで今日は十分、あなたほど寺院にこだわらない、だから車で休んでいる。友人はそのようなことを言ったから、かれは一人でブルーバードを下りた。

目の前は水しっくいの白い壁に囲まれた僧侶の住居が並び、その間に未舗装の参道がつづいていた。

道のつきあたりに赤い山門と、そのかなたには仏殿の反り屋根が見えた。

高原に登ってからかれははじめてひとりになった。薄い空気の中で一歩前へ進むと現在の年齢をさらに重ねた老人のようによろめきだした。

どの住居にも僧侶の気配はなかった。十歩ほど進んだところで息が苦しくなったので立止まった。静まりかえった参道の両側に目をやり、チベット犬の気配がないのを確めて、足を早めようとしたが酸素が足りなかったのでまたゆっくりと歩きだした。

お寺はけっして大伽藍ではなく、たぶん旅行者がめったに来ない地方の寺院だろう。僧侶の住居の並びはたった数軒で終わり、つきあたりにすぐたどりついた。

左側には黄金色の舎利塔が見えた。そのまわりには、さきの母親と同じ近くの村落の者だろう、ねこ背でつえをつく二人の老婆が時計廻りに歩いて参拝していた。

そして目の前には大寺院ほど大きくはないが、砦のようにどっしりとした壁の仏殿がそびえているのであった。

かれはまだよろめきながら仏殿を囲む外壁に近づいた。外壁に並ぶマニ車は、押す人はいなく、止まったまま銀色に光っていた。

外壁の中に高い山門があった。山門があいていた。

門の真鍮のつまみに白いハーター、祈りの掛け布が何枚も吊されて、シルクのようなつやを放っていた。

名刹とは違うのだ、旅行者、ましてや外国人は誰も来ない、もしかしたら来たこともない。かれはとつぜんの遠慮と、すこしの恐怖も覚えた。門の大きな枠の中で立ち止まった。

本当に入っていいのか、と半世紀前の青年時代に島国の村のお寺の門の中に立ち止まって躊躇したことをふっと思いだした。

寺院の奥から複数の声がかすかに聞こえてきた。島国の村のお寺でも聞こえた。

建物の中から漂ってきた、何人もの太い声だった。すべては蔵文の声だった。

かれはゆっくりと門の中から抜け出して、境内に踏みこんだ。

仏殿がぬっとその姿を現わした。反り屋根の下、どっしりとした石の壁が背後の草山に向ってそびえていた。島国なら金堂、ここでは大経堂という建物なのだろう。

中庭を三方から包む石の壁はどれも細かい文字がぎっしり書かれていた。その中のཡとかཀはヤとかカだと何となく見覚えはあったが、ほとんどは読めなかった。何千もの文字がかれのまわりで文章になり、パラグラフになり、たぶん韻文にもなっていた。

読めない文字に囲まれて歩きだしたとき、逆に文字に読まれているような気持ちになった。ここに入る資格はない、という思いによってかえって足が早まり、薄い空気を押し分けるように中庭を渡りきって、大経堂前の入口にたどりついた。

入口の前にはおそらく僧侶たちが入るときにぬいだ長ぐつが無造作に置いてあった。どれも道路を歩くとき誤って虫を踏んでその命を奪わないように先端が上に曲っていた。

入口には白い布が掛かっていた。中で起きている何人もの蔵文の声の音量が布で抑えられていた。

巨大なのれんをぬける気持ちで布の下をくぐった。

目が無数のろうそくの光に襲われた。耳に蔵文が大きく鳴り響いた。

目をこすってみると色彩と形がうずまく高い梁の天井の下で、新宿の部屋にあるのより大きく固そうな座布団が何列も並び、その上に全員が同じ朱色の法衣の僧侶が座っていた。

僧侶が蔵文のお経を開き、読み上げていた。全員が同じ経文をコーラス風に唱えるのではなく、一人一人が別々のお経を読み上げているようで、薄暗い空気の中で同時にいくつもの経文を唱える真剣な不協和音が震えていた。

かれは入口のあたりでひとりで立ちつくした。

まだ儀式の途中なのか、だからここで遠慮して、帰った方がいい、と思ったとたんに、横から若い僧が三人、四人寄ってきて、たちまちかれを囲んだ。

早口の蔵文をかれに向けた。何かを聞いているようだった。排他的な口調ではなかった。

蔵文で答えられないで、黙って合掌したかれに、背の高い一人の僧が朱色のそでの中から手を出して、ついて来なさい、という仕草をした。

僧たちが指示する方向の、中央の列の間を歩きだした。

列の両側に座っている僧たちが、朗唱しているお経から目を上げて、かれのことについて何かを言いだした。

その瞬間、まれびと、という島国のことばがかれの脳裏をよこぎった。まれびとがその直後に単なる外国人に変った。まさかはじめてではないだろう、とは思いながら僧たちのうしろをついて、自分を見上げている十数人の僧たちのまなざしに対して合掌、合掌で応えながら歩きつづけた。

途中で中央の列にそなえられている木の高台が視野に入った。遠くから見ているうちに高台ではなく、高座だと分った。

高座の上に一人の僧が座り、黙って読経の光景を教室を観察する教師のように見渡していた。

ろうそくの光がゆらめく暗闇の中の高座に向って歩きつづけた。かれは新宿の部屋の、もう一つの大陸の文字で書かれていた母の書類を収めた押し入れの、その襖に掛かっている黒い唐卡《タンカ》を急に思いだした。唐卡に画かれている黒い高座の上に座する菩薩の白い顔が浮かんだ。その絵がろうそくの光にゆらめき映像となり、やがては今歩いている列のつきあたりの高座にいる中年男の僧の姿となった。

僧たちに連れて行かれて、あっという間に高座の前へたどりついた。

高座の上の僧がおどろいて真下に立っているかれを見おろした。ぶ厚い眼鏡の顔は、大学の助教授にも似ていた。

かれは一度合掌してから自分の目を上げた。

中年男の僧がまとった朱色の法衣の、肩からすこし下あたりには他の僧にない金色のつりひもがさしこまれて、暗い空気の中でにぶく光っていた。

高座の背には、たぶんその僧の子供時代の写真と、その僧が以前であった老人の写真がかざってあった。生まれ変わる前と生まれ変った後の二枚の、何というのだろうか、そのとき御真影という島国の言い方がふっとかれの頭に浮かんだ。

新宿の部屋で覚えたことばを一心に思いだそうとして、そしてためらいがちな声で、

チョー、リンポーチェ、イーン？

と聞いた。

あなたは、活仏、であるか

あなたは、人間の姿に生まれ変った仏であるか

イーン

と男が返辞した。

である

男の顔にはわずかなほほえみが浮かんだ。かれの発音がおかしかったのか、それとも高座に座する男が活仏であるかをわざわざ聞くことがおかしいのか。

かれは前へこごみ、土下座をしようとした。だが新宿の部屋のタタミの上で何年も座りっぱなしをつづけたせいで足がうまく曲らないで、腹も大きすぎて、高座の前の台に一度頭をつけると立ち上れなくなった。

まわりの若い僧たちのくすくす笑いを聞きながらよろめき、ようやく立ち上った。

活仏の眼鏡の中の目もかすかに笑っているようだった。

活仏の唇がわずかに動いた。

どこから来たのか、とたぶんそのようなことを聞いている蔵文がその口から出た。

かれが生まれた大陸の国の名前と、かれが永住している島国の名前をたてつづけに、蔵文らしい発音で言った。

背の高い僧が自分の口を手で示し、その口を開いた。

活仏に話をしてもいい、という意味だろう。活仏に何か聞きたいことがあったら聞いてもいい、という仕草としてかれは解釈した。

活仏の頭上の梁と、高座の左右の柱という柱に、数々の仏を画いた唐卡《タンカ》が掛かっていた。

あちこちからそれぞれ違った蔵文を唱える不協和音が音量を増してかれの耳に響いた。

かれは高座の上から自分を見おろしている、活きている仏の視線を感じながら自分の口を開いて、

　アマー

と言い出した。

　アマー

ともう一度言ったが、それにつづくあの動詞を知らないのに気づいて、一瞬あわてふためいて、それから漢話で、

　不在《ブツァイ》

と言った。

　活仏の銅色の顔には、現し世の地上の人間と変わらないあわれみの表情が浮かんだ。敬語も知らないのがはずかしくなり、リンポーチェ、と高座に向ってことばを発した。わずかな蔵文がもうすでに尽きてしまったので、もう一度漢話で、

「我《ウォー》」と言った。

　私は、どうしたらいいのか

と聞いた。

　活仏は数秒間、何も言わずに考えこんでいる様子だった。それからゆっくりと体を起こ

し、高座から下りてかれの真前に立った。

かれは下りてきた活仏の前で二回も三回も頭を深く下げて合掌のあいさつをくり返した。その間に、どうしたらいいのか、教えて下さい、という念願が口から出て、また出た。活仏が眼鏡の奥からかれをじっと見た。そして細い手でついて来なさいという仕草をして、時計廻りの右方向へ法衣を黒光りの床にたらしながら歩きだした。

うしろについたかれの目には、ろうそくの光がわずかにとどく奥処でぼおっと現われた釈迦牟尼の像と、ガラス張りの棚に安置された百体の菩薩の像と、俗人に見られては困るのか、青やみどりの顔の一部の他は布におおわれて隠された仏たちの壁画を次々と通りすぎた。時計廻りに、さらに時計廻りに、床を踏みしめ、活仏と自分の足音がこだました。何人かの僧がおどろいてお経の朗唱をやめて活仏とよそ者が歩いている姿を目で追っているのを感じた。気がつかずに大経堂の反対側でそのまま唱えつづけている僧の蔵文の、不規則に起伏する声も耳に入ってやまなかった。

やがて廊下のつきあたりにたどりつくと、小さな木のテーブルの前に二十歳前後の僧侶が座っていた。活仏の後から近づくと、若い僧が堂内の騒音をよそに白い紙に細かい文字をつづっているのが見えた。奈良時代の写経生のようだ、とかれは思った。さらに近くまで進むと、文字はすべて蔵文であると分った。

活仏が法衣をゆらしてかれの方に振りかえった。漢話で、あなたのお母さんの名前を記して、明日の念仏に唱えて上げる、と言った。通常なら百元をもらう、だがあなたは遠い国から来た、はじめてのそういう来訪者で、何かのめでたいきざしとしてここへ送りこまれたのでしょう、だから無料でいいです、と言いつづけた。

お母さんの名前を言いなさい。

もう一つの大陸のことばの、母の名前をかれはゆっくりと伝えた。

テーブルの前に座っている若い僧が異質な音に違いない、母のフル・ネームを蔵文の文字に変えて白い紙に記しているのを、かれは静かに眺めた。

蔵文となった母の違った大陸の名前が、明日、僧侶たちの口から出て、そびえる梁と柱と、そこに掛かっている数々の仏の絵を通りすぎて天井へ上るのをかれは想像した。

記されている文字から、活仏の顔にかれの視線が移った。

活仏の顔には穏やかな明るさが滲んでいた。その顔をうかがいながら、もう一つの思いが胸に寄ろうとした。その思いをついに抑えきれなかった。もう一回「我《ウォー》」が口から出た。

私は、どうしたらいいのか

活仏の顔には、かれの質問は意味をなさなかったかのように、何の表情もなかった。

大経堂の中で念仏の声がいくつもの波となって、いくつもの渚にくだけた。

活仏が振りかえり、かれに朱色の背を向けて高座の方へ再び歩きだした。

ろうそくに照らされてわずかに光る中で活仏のうしろ姿がすこしずつ小さくなって奥へ消えて行った。

その瞬間、さらに一つの思いが胸に上ろうとした。その思いはけっして口にはしないが、一度つのると頭の中から消し去ることはできなかった。

答えは、それだけなのか。

遠くから活仏が高座に上っているのが見えた。活仏が新宿の部屋の襖に掛かっている菩薩の絵となった。

また一つ、島国のことばが脳裏に浮かんだ。

どうしたらいいのか、人も仏も教えてくれない。

かれを中へ通してくれた三人の僧もいつのまにかいなくなった。大経堂の中の自分の座位にもどり、それぞれ自分のお経を再び唱えだしているだろう。

入口にもれる午後の光に向ってかれは一人で歩きだした。

草原の帰り道も長い、ブルーバードにいる友人をこれ以上待たせてはいけない、と思って、黒光りの床の上で足を速めた。

A child is born

大寺院の門前町にある民族市場で、真青な釈迦牟尼や朱色と純金で画かれた仏画を見ながら蔵民の美術商の老人とかれは話していた。そのとき、ここより山道を百五十キロ行けば奥の院にたどりつく、と聞いた。漢話で「付属寺院」と老人が言ったのを、「奥の院」と島国のことばでかれは受けとめた。そして奥の院までは百五十キロというのはいかにも大陸の感覚だ、と思った。

一緒に大寺院を訪れてきて一周のコーラを済ました漢民族の友人に、行ってみないかと提案すると友人は時間があるし、百五十キロの山道はさほどの苦労にもならないだろう、と賛成した。

大寺院の山門を抜けると急な坂道に入り、登り切ったところでは暗緑色の山々がうねりだした。門前町を離れると旅行者の姿が少なくなった。つづら折りの道の下には広い谷間が開き、それを横切る細道の両側にはさび色のレンガづくりの、何十軒も同じ平屋が続いていた。ヤクや羊の家畜を収めた囲いが付いている。一軒一軒の門のそばには青や緑の祈りの旗が勢いよく翻っているのが小さく見えた。

ゴルフ場さながらの緑一色の草が大空の光を受けて燦いていた。つづら折りの道が終わり、細道をまっすぐに走ると馬に乗った蔵民と三々五々草の上を歩いている蔵民がすこしずつ増えた。村の中心部に近づくと泥とアスファルトの混じったでこぼこの道になり、その両側に並ぶ蔵語で書かれた看板の商店や食堂をさっと通りすぎるとまた草原が始まり、また風景が広がった。

二人が乗った友人のブルーバードは道の向こうのパステル色の、また一塊の山々を目指した。巨大な土の上を動くブルーバードが小さく感じられて、大地に呑みこまれてしまいそうな不安もあったが、ほとんど会話を交さずに友人とかれはただフロントガラスをまっすぐに見つづけた。風景を見るとき以外はうしろの座席に置いた、美術商から一千元で買った釈迦牟尼の仏画を意識した。ときどき新宿の部屋の押し入れの襖にかざった、最初に大西部にやってきたときに買った観音菩薩の黒い唐卡《タンカ》を思い出した。そして押し入れの中に収めた、かれが生まれた大陸の横文字で書かれた母の書類が脳裏を掠めることもあった。漢民族の友人にはそのことを話さなかった。ただこんな広い草原の、こんな細道を進んでいて本当に日が暮れる前にたどりつけるのか、と何度も島国から大陸に渡りつづけてきたうちにすこし流暢になったことばで聞いた。友人はただ大丈夫でしょう、と短い返事をして、会話などするよりも広大な風景に見とれているように黙りこんだ。

道はゆるやかに曲りながら一つ、また一つと渓谷を通りすぎて、それから再び登り坂となった。道のそばには旅行者はおろか、現地の蔵民の姿もすっかり消えた。広い土を囲んだ大きな青空の、その青がすこし深まり濃密になりはじめているような気がして、奥の院まで本当にたどりつけるのか、とまた不安を覚えた。ちょうどそのときにフロントガラスの中に細い煙の線が現われた。ざわめきのようないくつもの声もかすかに聞こえてきた。

もう一度道が大きく曲り、ようやく曲り切ったところで道の両側にはそれまで見たことのなかった、途方もなく雄大な草原が広がった。草原の上には遊牧民の白いテントが密集して、いくつものテントの中から灰色の煙が細く大空に上っていた。

そして道の両側では何千頭もの黒く長い毛のヤクがのろのろと動き、それらを追っている男と女の声が大きくこだました。すべては蔵民の声だった。

大地から掬われたように凹形の谷間が広がる、その上に設けられた遊牧民の野営の真只中に道がつづいていた。ブルーバードの窓という窓には長い衣を身にまとった蔵民が映り、ヤクも映り、熊のように大きなチベット犬と、テントの前に敷いた黄金色の布の上でくり返しくり返し五体投地を行い、見えない仏様に向って身を投げては起き上り、また土を抱くように身を投げる女の姿も映った。

大空の下でウォーとかルーとかギャーの、蔵語の声が爆竹のようにこだました。

大陸の大西部の、人影のない風景の中で突然小都市が現われたような驚きをかれは覚えた。漢民族の友人も同じような驚きを覚えたらしく、フロントガラスにじっと見入った。笑い声とかけ声と叫び声、ウォーやルーやレーの音がふりそそぐ中を、ブルーバードはまっすぐに走りつづけた。

十分ほど経つとようやく人の姿と声が少なくなり、テントもヤクの群れもまばらになった。野営の端では道が再び登り坂となり再び大きなカーブに入った。そのカーブのまん中に近づくと、道のそばでぽつんと立っている人がフロントガラスに映った。道の先では登り坂がつづき、やがては山頂近くの峠に着くのが遠くに見えた。峠近くの道とそのそばの山はだには何千もの白い紙のお守りがちらばっているのも目に入った。

ブルーバードが自然に速度を落とした。

曲り角に近づくと、そこに立っている人の姿がすこしずつ大きくなり等身大となった。色あせた長い衣を身にまとった一人の中年女だった。中年女は赤児をかかえていた。

停車《ティンチエ》、とかれが言い出す前に、友人が車を止めた。

窓を開けてみると、大柄の女はじっと立ったまま、これといった驚きも示さずに漢民族の友人と白人のかれを見つめた。

中年女の太い腕の中に抱かれている赤児は、たぶん一歳ほどの男の子だった。小籠包にも似たずんぐりとした体格だった。ダンプリングのようだ、とかれが生まれた大陸の言い方の、島国のカタカナの音が脳裏に響いた。

黄色とも茶色ともつかぬホコリに覆われた四角い顔の男の子の、その太い首には菩薩の小さな絵が掛けられていた。大寺院の民族市場で十元で売っているプラスチックの、派手な青色の仏画だった。中年女の腕の中で男の子が身動きしてブルーバードに向って小さな手を伸ばすとプラスチックの菩薩が左右に揺れた。

ブルーバードの中から漢民族の友人がニーハオと声をかけてみた。

女は、漢話が分らないのか、返事をせず、ただ黙りつづけて、自分の前でわざわざ車を止めた見知らぬ二人のよそ者に特に関心も示さなかった。

男の子の口からは、ウォーのような音がもれた。そのために親の沈黙が逆に大きく感じられた。

会話も交さずに見つづけているうちに、かれは母と子供のすぐうしろの斜面から凹形の谷間が広がっている方に注意が向った。白いテントと灰色の煙と、やがてヤクの群れが尽きてしまい、その向こうではまた人気のないパステル色の山がそびえていた。

母と子供の背後では大陸が空《くう》となった。十三億人が消えてしまい、空虚な土が無限にうねっていた。誰もいなくなった大陸の上を、かれの思いが横断し始めた。そしてあっという間に大陸を横断し切ったところで、大陸の東に浮く島にその思いがたどりついた。

窓がぴしゃっと閉まり、ブルーバードが山頂を目掛けて走りだした。うしろの窓には赤児の首飾りの、色鮮やかな菩薩の絵が風景のわずかな一点となって小さくきらめき、そしてすばやく消えて行った。

友人は何も言わないままハンドルを切った。かれも黙ったまま目をつむった。

いつも大陸を走る車の中で目をつむると、新宿の部屋の記憶が頭に浮かんでいた。だがその日、目のうらに映りだしたのは、それとは違った風景だったのである。

キンカンとブドウと、パパイヤの匂いもしたのか、高い壁の上面に泥棒よけに嵌められたガラスの破片がきらめき、強い日差しがあふれる庭の中にかれがいた。宣教師学校からペディキャブで家に帰った、たぶんその直後だった。現地の子供たちが通う近くの小学校から「三民主義《サンミンチユーイー》」という国歌もかすかに聞こえていた。「日本人《ルベンレン》」と島で呼ばれている人たちが建てた家の、洋間と板敷の廊下に面したガラス戸が開いていて、洋間のラジオから「帰らざる河」を歌っているマリリン・モンローのハスキーな声も庭に流れていた。

かれの最も古い記憶の中の「自分の家」は、大陸と海峡でへだてられた島のほぼ中央の小都市にあった。誰も大陸に上陸できないので、大陸はただ広大な伝説の地だった。が、島はただの島ではなく、大人たちがことごとく意識してよく口にする大陸《ダールー》のかげの中の島である、と九歳のかれも何となく分っていた。

ニューヨークのユダヤ人家庭に生まれた父と、ペンシルベニア州でポーランド系カトリックの家庭に生まれ育った母が、四年前にかれを連れてこの島にやってきてこの家に住みついたのも、敗戦して「大陸を失った」という国民党を助けて、できればその「大陸を取りもどす」、現地の人たちが言う「光復大陸《グアンフーダールー》」を果たすという父の任務のためだった。

この島は自分の国ではない、この家を造ったのもそれより十年前までの帝国に住んでいた伝説的な「日本人《ルベンレン》」であったことも、かれは知っていた。

なのに九歳のかれはこの家は確実に「自分の家」であると信じていた。

あれから半世紀が経っても記憶の中の本来の「自分の家」は、キンカンとブドウがあり、亜熱帯の光が池の水面に照り輝く庭があり、畳があり、洋間と板の間とガラスの引き戸のある家に違いなかった。

「日本人《ルベンレン》」が庭に残した鯉が泳ぐ細長い池に、笹の葉で作った小舟を浮かべて、それが小さな岩にそって流れて、小さな橋の下へ消えてゆくのをかれは目で追っていた。

庭に面した洋間の隣りの部屋から母の声が聞こえた。若々しい声の母は、今のかれの半分程度の年齢だった。

母は独り言のようにかれが生まれた大陸の言葉をくり返していた。その声は明るかった。

池のそばを離れて、母の声の方向へと飛石の上をゆっくりと踏んで近づくと、「日本《ルベン》人《レン》」が造った出窓の中に茶色の短い髪の、丸い顔の母の姿が見えた。かれが近くにいるのに気がつかなかったようで、母はまた質問と感嘆の明るい声を発しつづけていた。

母が五歳の弟を前にして座っているのが、開いた出窓の中にくっきりと見えた。一瞬、宣教師学校で読まされていた聖書の中のマドンナとキリストのイラストがかれの頭を横切った。

出窓の窓台には清朝の花瓶とともに観音菩薩立像の小さな彫刻が置かれていた。元の家主の「日本人《ルベンレン》」の持ちものではなく、父か母が大陸から逃亡してきた敗軍の誰かからドルで買ったものだろう。

「かんのん」という音を知らないで、グアンイーンと言い、Goddess of Mercy、哀れみの女神とも呼んでいた。その真白な顔には、庭の風物に反応しているかのようにわずかな笑みが浮かんでいた。

母は半袖の黄色いサマードレスを着ていた。母の顔とふくよかな腕は陽に焼けて褐色になっていた。青いティーシャツ姿の弟の顔と細い腕も、かれの皮膚と同じく、元は真っ白だったけれど四年間も亜熱帯の光にさらされて薄い茶色に変っていた。

母がなだめるような声で弟に次々と言葉をかけていた。

Look! Over there,
look at all the trees!
So bright, so bright,
look at all the fruit!
Oh it's so ripe!

角刈りの頭が体の割に大きすぎる弟は、何を言われても「イエア」、「オーイエア」のような音でしか返事をしなかった。その翌年に六歳になる弟は、しかし学校には行かないだろう、とかれは父から聞いていた。

ちょうど庭が見渡せる出窓の部屋は母の部屋で、母はそこで弟と一緒に寝ていた。島の地方都市の、「日本人《ル・ベンレン》」が建てたという多くの家と同じく、靴を脱いで玄関から上るとすぐ右側には主人の書斎があった。楊貴妃伝と白楽天の詩集が並ぶ棚の下に簡易ベッドを置いて父が寝ていた。

かれの古い記憶の中で、父と母はすでに別々の部屋で寝ていた。たぶん弟が生まれた頃からそうなっていたのだろう。

強い光が常に溢れる亜熱帯の庭の中で、母が飽きもせずかけつづける言葉と、弟の単純な反応が、「三民主義《サンミンチユーイー》」と River of No Return の歌声とともに響いていた。あれから五十年が経っても、それらの音は昨日聞いたかのように、「自分の家」の音として、かれの耳の中で甦っているのであった。

かれが十歳の誕生日を迎えるすこし前の夜だった。板の間の奥にあった自分の部屋で、夕食も宿題も終わり、畳のふちにビー玉を並べて一人で遊んでいたところ、突然父の書斎に呼ばれた。

父の書斎のどっしりとした木の引き戸を開けると、漢籍の書物をぎっしり詰めた棚の前で、めずらしく母も立っていた。

かれは驚いて母の顔から父の顔へと視線をそそいだ。父はいきなり話しだした。弟の治療のためにお前はお母さんと弟と一緒に帰らなければならない、と父が言った。

離婚ですね、とかれが返事した。

divorce、とそのことばを口から出した瞬間、母が急に泣きだした。

子供の前でそんなに泣くなよ、と父が母をどなりつけた。

母はたちまち書斎を出て、板敷の廊下を踏みながら出窓のある部屋に戻った。足音が大きかった。

父はそれきり黙りこんだ。母の部屋の引き戸もしまった。

父の部屋に残ればいいのか母の部屋に行けばいいのか分からなくなり、かれは茫然と板の上を踏みだして、自分の部屋に向った。板敷の廊下は延々とつづいていた。ガラス戸の隙間からキンカンの樹の枝を揺らして池にさざ波を立てる風の音がかすかに聞こえた。ガラス戸を過ぎたあたりで父の口から出た「帰らなければならない」ということばが、足を奥へ運んでいるうちに重みを増して耳の中でこだました。

足の下で「日本人《ルベンレン》」が造った家の土台が割れたような気がした。母への哀れみが胸に上り、その直後、自分の家を出て帰るとは何事だ、という激怒がその胸の中で熱く広がった。

遊牧民の野営を離れたブルーバードが坂道を登りつめて、蔵語の呪文が書かれている小旗が山風にうるさく翻っているその下をくぐって峠を通りすぎた。行き違う車とトラックと馬車から白い紙のお守りを投げながら「ソーソーソー」と叫び「ラー、ギェロー」、神に勝利をと叫ぶ蔵民の声がやがて消えると下り坂に入った。

下り坂は険しいつづら折りとなっていて曲るたびに草の上に建てられたテントが現われて、ここでも遊牧民の姿がフロントガラスに映った。

そして近くの山と遠くの山の、どの斜面にもテントが白く点々と現われていた。急な傾斜の土に斜めからすがりつくようにテントが建てられているのにかれは驚いた。

一つの草原からまた一つの草原へ、谷間から登って峠を越えて、草の豊かな新しい場所を見つけてはそこにヤクの群れとともに移動し、そこにぶ厚い布の仮の家を建てて、その家の中のかまどから細い煙を大空にふかしていた。

つづら折りのカーブを通りすぎるたびにまた一つまた一つとテントが視野に入った。曲る車の中から目で追おうとするとめまいを覚えた。向かいの山の斜面に建てられたテントの近くで馬に乗った子供がヤクの小群れにどなる、その幼い声がこちら側の斜面にこだましていた。

あの子供にとって「自分の家」は何なのだろうか、とかれはふっと考えた。本物のノーマッドは「自分の家」をどう想像しているのか。還暦になったとき元の「自分の家」をどのように記憶しているのか。山から谷間へ、ゆるやかな傾斜からきわどい傾斜へと一生動きつづけているかれらにとって「帰る」とはどんな感情なのだろうか。

大陸の西の果てをブルーバードで走りながら、その大陸を「失った」という敗軍の行きついた亜熱帯の島と、世界の正反対にある別の大陸からそこへ移住した自分の家族、さらに「自分の家」を失ったと分った瞬間に、父の部屋も母の部屋も離れて長い板敷の廊下を歩きながら十歳の体が激怒で熱くなったことを思い出した。その記憶をもし遊牧民に語ればどう思われるのだろうか。

つづら折りを曲るたびにフロントガラスに斜面が映り、斜面の上にテントが映り、テントの中から仮の団欒の煙が細く大空へ昇ってゆくのが映った。

走りつづけているうちに「自分の家」が甦った鮮烈な記憶がすこしずつ色あせて、縮んでいることに気づいた。滑稽な気持ちにもなった。

山頂すれすれの雲が下りてきたようで途中でブルーバードが靄につつまれた。斜面の形も、遊牧民の白いテントもぼやけた。曲り角がよく見えないからここは危険だ、と漢民族の友人がスピードを落としたとき、つづら折りがとつぜん終わって谷底に着いたようで道がまっすぐになった。

靄の中で注意深く走りつづけて、十分ほど経つとまた彼方にはどんよりとした色彩が現われた。フロントガラスにはやがて村落の屋根と祈りの旗を見ることができた。

村落の入口に着くと、靄の中で標識が見えた。文字の形が漠然と分った。大きな漢語の下には小さな蔵文が記されていた。チベット高原のどの村も二つの言語の名前がある。靄の中で家々がその輪郭を失い、地名の二種類の文字のどちらもぼやけて読めなかった。一瞬、どこの国のどこの村にいるのか分らなくなったような気がした。

見えなくなった風景の前でかれはまた目をつむった。漠然と甦ってくる記憶の浮橋を渡り、そのうちに一つの地名が久しぶりに目のうらに浮かんだ。

かれが四十歳で定住した島国には「東十条」や「東山」や「東中野」という場所があるのだが、かれの母が生まれ育ったペンシルベニア州の地方都市には島国の言葉に翻訳すれば「東自由」になる「イースト・リバティー」という町がある。十歳でとつぜん「帰る」ことを父から命じられたとき、その「イースト・リバティー」の家に移ることになった。

亜熱帯の島にある「自分の家」の記憶は昨日のことのように鮮明に残っているけれど、「イースト・リバティー」という地名をはっきり覚えているだけで、その家については薄暗い断片の思い出しかなかった。たぶん第一次世界大戦の直後にポーランドの農村から移民して同じポーランド系の石炭工と結婚した祖母が昔から住んでいた家に、母がとりあえず身を寄せたのだろう。灰色の下見板の二階屋で、その周りにもポーランド系、イタリア系、ハンガリー系の、近くのウエスティングハウスの工場で働く移民二世や三世の白人労働者たちの、似たような家屋が並んでいた。

「日本人《ルベンレン》」が造った光あふれる庭からかぎりなく遠く離れた、板敷の廊下も、畳も出窓もガラス戸もない家だった。二、三ヵ月経つと父のいない一家三人の肌が白色にもどった。

朝は「イースト・リバティー」の小学校の教室で起立して「国旗への誓願」を朗誦させられて、午後は家にもどるとはじめて見るテレビに、頭の横からねずみの丸い耳が生えた子供たちが踊る白黒の動きが映り、「ミッキー・マウス・クラブ」のコーラスが流れていた。夜は屋根裏部屋で、となりで祖母が寝たあとに起きていたかれには、小さな窓から入る、いくつかのアクセントの、しかしすべてはあの大陸のことばと、二階の部屋から青豆色の壁紙の狭い階段を通ってかすかに伝わる、Sleep, baby, sleep と六歳の弟をなだめる母の声と、ときには弟が寝こんだあとに母のすすり泣きが聞こえることもあった。

かれが還暦を迎えた新宿の部屋ではそのような家の様子を思いだすことはめったになかった。なのに、「東自由」という意味の、「East Liberty」と書かれていた停車場の木の標識がぼやけた記憶の中にときどき浮かんだ。そこで路面電車に乗りこみ、蔣介石の笑顔を描いた札をついその前まで手に握っていた感触を思いだしながら、ワシントンやルーズベルトのまじめな横顔を印したコインを料金箱に入れて窓側の席に座った。ガタガタ左右に大きく揺れながらフォードとシボレーが行き交う広い大通りの真ん中を電車が動きだした。

　デパートと映画館、その後は祖母の家よりさらに小さく窓がこわれているぼろ屋に、歩道にバーボンの瓶がころがる、なのにその小道からは祖母の家の周りにない明るさと活気が漂う黒人街を通った。そして不思議な早さで風物が変わり、屋敷町が始まった。祖母が白人なのに「white people」と呼ぶイギリス系やドイツ系の、広い芝生に奥まった、中にはやぐらもあるお城のような家並が路面電車のほこりの着いた窓ガラスに映る。やがては大理石の廊下をめぐらした大聖堂のごとくにそびえる、「学習のカテドラル」と地方都市の市民が呼ぶ大学が見える。石炭工の長女に生まれた母は一族でははじめて大学まで進学して、そこを卒業した。卒業してから「田舎から逃げ出す」ようにワシントンで就職をして、ニューヨーク大学を卒業したばかりの父と出会った。

「イースト・リバティー」で乗りこんだ路面電車の窓越しに下見板と石造の代る代る現れる家並を見ながら、かれはいつももの足りない気持ちになった。亜熱帯の島の、「日本《ルベン》人《レン》」が造った「自分の家」に似た風物はなかった。たとえ路面電車が何千マイルを走ってもあの大陸のどこにもなかった。

「イースト・リバティー」の家の中に、「自分の家」のものは一つだけあった。一階の狭いダイニング・ルームには、祖母が以前からかざっていたポーランドの冬の川を画いた油絵の下にすえられたテーブルの上に、亜熱帯の島から持ち帰った白い観音菩薩の立像を母が置いた。誰も「洋間」とは言わない薄暗い部屋の中で、本物の象牙だったのか、観音像が場違いなつやを放っていた。

ある日、誰かが窓越しに観音像を見たのが原因となって、学校帰りにすれ違ったとなりの家の、イタリア系でやせたカトリックの女の子から、あんたの家は悪魔教、ブッディストだ、と突然ののしられた。そのことを母に言うと、いいよ、ブッディストと言われても、私はユダヤ人と結婚したぐらいだから、平気よ、と笑った。母がおおらかに笑うのをかれは久しぶりに見た。

その日から二ヵ月が経つと、母はもう一度「田舎から逃げ出す」ように、ワシントンで勤め先を見つけた。

父のいない一家はワシントンに引越して、リンカーン大統領記念堂から川をへだてたバージニア州の、ニレの樹の葉群れが広がる道に面した小さな石造の家に住んでいた。知的障碍のある弟がいつまで経っても三歳程度の知能のままで、やがては「ホーム」と称されている施設に入った。かれは十七歳でバージニア州の高校を卒業したあとに父の転勤先である横浜に行き、そしてはじめて新宿で木造アパートを借りて住むことになった。ニュージャージ州の大学に入学したが卒業してからはくり返しくり返し島国に渡りつづけて、四十歳で定住した。ニレの葉群れが窓いっぱいに映る石造の家で一人となった母は、やがては上院議員の元秘書と再婚した。

年に一回ほどかれは母の家を訪ねて、一緒にクリスマスを過ごした。クリスマスの翌日にまた飛行機に乗り、島国でお正月を迎えた。それは二十年近くつづき、いつの間にかかれが還暦に近づいて、母が八十歳を過ぎた。

定住の地となった島国の、新宿の部屋の中で、「イースト・リバティー」の記憶は年々薄れて、地名だけが不思議と浮立った。

二つの言語で書かれた地名の村落を通りすぎると道はさらに下り坂となった。靄もすこしずつ晴れて、草原の緑が午後の光の中で鮮やかにブルーバードの窓に映った。奥の院まではたぶんそれほど遠くはない、とかれは直感した。

「今日はいつも以上に居眠りするね、何だか老人《ラオレン》みたい」

漢民族の友人の声で「イースト・リバティー」の思い出が途切れた。

「まだママのことを考えているでしょう」

「ええ、まあ」のような漢語を知らないので、かれは「対《ドイ》」、その通りだ、と淡々とした返事をした。

友人は、「没有办法《メイヨーバンフア》」と言った。「しかたがない」、とかれは頭の中で受け止めた。

「不在《ブツァイ》、没有办法《メイヨーバンフア》」とくり返すのを聞き流して、フロントガラスに視線をそそいだ。

草原のうねりの遠くの果ては、七月なのに銀色の雪に覆われている、友人が天山《テイエンシャン》と呼ぶ山々が連なっていた。二、三キロを走ったところで、横の窓に映る草原の上にお寺が見えてきた。近づいてみるとお寺は小さく、僧侶が一人もいなかった。目的地の奥の院ではなさそうで、たぶん村落のお寺だろう。その壁にすえられた十数個しかない赤いマニ車を、長い衣の上に前垂れを着けた中年女、つづいてジーパンとティーシャツの子供が押しながらうしろへ姿を消すと、また白髪の老婆、また違った子供がマニ車を軽く廻して、聖なるメリーゴーラウンドに乗ったように一周を終えるとまた一周、短いコーラを何度もつづけていた。

お寺を通りすぎるとまた草原がうねり出した。草原の上にまた白いテントが三つほど建って、テントの近くにヤクの小群れが黒い斑点となってわずかに動いていた。

草原の風景は一千キロ走っても変わらない、という思いが脳裏に浮かんだ、そのすぐあとに、フロントガラスの中にずんぐりとしたコンクリートの建物がとつぜん現れたときにかれはすこし不意を打たれた。

建物の横に旗が高く立っていた。祈りの旗と違って赤い旗だった。建物に近づくと五星紅旗が強風を受けて波打ちながら翻っているのが分った。

村の小学校だろう、こんなところにもやはり小学校があるのだ、と友人も驚いた口調で言った。

道端には赤いスカーフを巻いてスクールバッグを背負った、みんな銅色の小さな顔をした蔵民の子供たちが小学校に向って歩いていた。

ブルーバードが小学校のすぐ横に着くと、友人はたぶん好奇心でスピードを落した。灰色のコンクリートの校舎の、その正門の上には一列の漢字が刻まれていた。

「共産党に感謝しましょう」という意味の大文字だった。

校庭のスピーカーから音楽が流れていた。感傷的で明るく、そして肯定的な調べだった。かれがそれまで大陸の小学校から流れてくるのをときどき聞いていた「共産党がなければ新中国はありえない」という革命名歌とはまた違っていた。

あの音楽は何ですか、とかれは友人に聞いた。愛国主義教育の歌ですか。

違う、昔の流行歌を流している、と友人が答えた。

音量が大きくて、ゆっくりと走っているブルーバードが小学校を後にしてもまだ聞こえていた。

何という曲ですか。

友人はすぐに返事をしなかった。人民解放軍出身の友人はいつも、大陸のことを何もかも誇らしげにかれに教えてくれるのに、その質問には急に黙りこんだ。

かれはもう一度、曲の名前は何ですか、と聞いた。

友人の顔には当惑したような表情がかいま見えた。かれは一瞬、島国の人が恥しいときに浮かべる顔つきにも似ている、と思った。

何という曲ですか。

窓の外ではまた草原がうねり出した。ブルーバードの中は不愉快な沈黙につつまれていた。

何秒も経ってから友人はようやく答えた。

「ダンシルママ」

共産党はママです

かれは白人と黒人とアジア人でごったがえした通路を歩いていた。どこからか鐘の音が聞こえて、また頭の上からかれの母語で歌っているテノールの声が鳴り響いていた。

A child is born
と歌っていた。
He shall bring us comfort and joy
われわれになぐさめと喜びを与える
子供が生まれた

赤と緑のショッピング・バッグをぶら下げて歩いている通路の人ごみの上からとめどなくテノールの声が降り注いでいた。半世紀前の同じ季節もここを歩いていた、あの頃より金色の髪が少なくなり、母語以外の言葉がふえた、と思いながら北バージニア・ショッピング・モールを奥へとゆっくり進んで行った。

Comfort and joy、とテノールの声がくり返して歌った。いくつものサンタ・クロースの笑い顔の絵を通りすぎて、北極の星空を飛ぶトナカイのディスプレイ、高校時代の本屋とレコード屋が消えてすっかり様がわりした商店の並びの一番奥で唯一変わらないデパートへ向った。

デパートのドアを手で開くと、たちまち香水の匂いの中に入りこんだ。デパートのスピーカーからも A child is born が流れていた。匂いは変わらない、そのことを確かめるかのように歩調をゆるめた。そしてすぐ先の方まで歩いてみると、前と変わらないカウンターの上に香水が並んでいた。ひかえめな白色の箱に入ったシャネルの製品をすぐに見つけて、その中から「Number Five」を選んで、レジへ持って行った。ナオミ・キャンベルをすこし太らせたような若い黒人の店員から「ずいぶん古風な趣味ですね」と言われた。「Maybe」とだけ答えて、五十ドル札を渡した。店員が丁寧にクリスマス・ツリーと同じ緑色の包装紙につつんでくれた。四十年前の高校生にとってはかなりの贅沢だった、同じ買い物をしたのだ、と思い出しながらモールの人混みをさけようとよく覚えていたデパートの東の出口を抜けて、アベニューの歩道に出た。

　そのときのことをかれはよく覚えていた。国務省と運輸省とＣＩＡで働いている若い公務員たちが地下鉄の出口から多人種の波となって歩道にあふれ出ていた。ちょうどワシントンでの仕事が終って帰宅の時刻だった。かれの高校時代にこの辺りにあったトム・ソーヤーやハックルベリー・フィンでも居そうな白い漆喰の家並がとっくになくなっていた。十階や二十階建てのマンションに向ってダウンのコートにウールのえり巻き姿のエリートの歩行者たちが自分の母語の声を高く響かせながらのんびりと歩いていた。私がかれらのひとりになることを母は何よりも望んでいた、という思いが一時頭をよぎった。

　ひんやりした空気に南部と北部のかれの母語を響かせている、その流れの自然な一員にはもうなれない、と意識しながらすこし離れて、シャネル・ナンバー・ファイブが入った小さな袋を下げて日が暮れかかったバージニア州の紺色の空の下、広いアベニューを渡った。

アベニューに面した三軒目の、無色の大理石の建物は、ジェファソン大統領記念高齢市民ホームだった。六時になる前にその「ホーム」の三階にある母のアパートに到着した。

そこから二キロほど離れた、ニレの樹の葉群れがふわふわと揺れる横丁にあるこぢんまりとした石造りの家を、中年となったかれは同じ季節に訪れたことがあった。母と母の二人目の夫と一緒にクリスマスを過ごして、その翌日の夜に母にタクシーを呼んでもらって、玄関で別れた。体が不自由になった夫を中に残して、かれがタクシーに乗りこんだあとにも母は玄関に一人で立ったままだった。ニレの並樹の大きな影の中に止まったタクシーの窓から玄関の黄色い光につつまれた七十歳の母が、島国の礼儀正しい人たちが来客を送るときにも似たようにタクシーが横丁から大通りにさしかかって消えてゆくまでじっと立って見守ってくれた。

母の二人目の夫が八十歳で亡くなり、その三年後に障碍のある弟が五十四歳なのに八十代の老人さながらに肺炎を起こして、北バージニアの病院で亡くなった。病室の中で母は「治る、治るんでしょう」と唱えるように言いつづけた。病床に横たわるやせこけた弟を指して、「われわれポーランド人は屈伏しない、左からナチスにやられた、と思ったら今度は右からロスケどもにやられた、だけどけっして負けない」という力のある声が病室の中で何度もとどろいていた。

夫も息子も他界した母は、その後もよくポーランドの話をして、「イースト・リバティー」の祖母の家のことも口にした。五分前のことを忘れた、なのに七十年前のペンシルベニア州のことをくっきりと覚えていた。かれにも、少なくなった来客にも、大恐慌はどうだった、ルーズベルトはどうだった、ポーランド語でこう言うのだ、ととめどなく語りつづけるようになった。

イブの夕食は「ジェファソン・ホーム」のダイニング・ホールで母と二人でとった。まわりのテーブルに座っている、八十代と九十代の元局長と元空軍大尉と大使の未亡人の、その白い頭の上に天井から A child is born の歌声がかすかに流れていた。

母はロースト・チキンをかじりながら、「どこに住んでいるのか」と聞きだした。

二十年前から新宿に住んでいる、知っているでしょう、とは答えずに、ただ、

「新宿」と答えた。

「その Shinjuku はどこか」

「東京の一部だ」

「なんでワシントンに住んでいない」

「お母さんの若い頃と同じで、田舎から逃げ出すようにワシントンを捨てて新宿に住みついた」とは、二十年前なら言えたが今は言う気にはならなかった。ただ「仕事があるから」と答えた。

まわりから笑い声とメリー・クリスマスのあいさつがかれの耳に入った。母はフォークを置いて黙りこんだ。真白な髪を「ホーム」の美容室で仕上げたばかりの母の、入居者の男性がみんな「beautiful」とたたえるその丸い顔の、しわの下から何かに失望した少女のような悲しげな表情が浮かんだ。

イブの夜はワシントンのホテルに泊まって、クリスマスの午後の早い時間に再婚した男の娘と一緒にまた「ジェファソン・ホーム」にある母のアパートに出かけた。三人で七面鳥とケーキを食べてシャンペーンを飲んだ。ディナーの間に母はかれが生まれた直後の話をしていた。亜熱帯の島に渡る前の、こちらの大陸の西海岸にいたという話題はかれにとって実感はなかった。

ディナーが終わると三人はクリスマス・ツリーの近くに移り、コーヒーと紅茶を飲んでいた。

妹と会話をする母の声が明るく、八十台と思えないほど張りがあった。少女時代のイースト・リバティーの家、石炭工の父が過労の苦しみをまぎらわせるために毎晩ウイスキーを飲んでいた、メリー・クリスマスはポーランド語でこういうのだ、とたてつづけに母の口から出る話題を、妹が一つ一つ丁寧に聞いてあげた。母にはまだ言いたいことがある、という思いは、二人の女の大声に圧されて、かれはただ黙りこんだ。

その間に部屋のまわりを何度か見渡した。星とティンセルの雪片をかざった、「ホーム」が入居者に配ったクリスマス・ツリーの下には昔よりプレゼントは少なくなっていた。プレゼントの中には昨日かれが置いたシャネル・ナンバー・ファイブも入っていた。四十年間、毎年のクリスマス・プレゼントとして母に同じ古典的な銘柄の香水を上げつづけてきた。毎年、母がつつみ紙を外してそのひかえめな白い箱を見ると、Oh my favorite! とはじめてもらうかのように感嘆して手に取るのであった。来年のクリスマスも、同じように全日空の直行便でワシントンに飛び、母のアパートに出向く途中で「シャネル・ナンバー・ファイブ」をデパートで買うだろう、と思いながらカーテンの開いたピクチュア・ウィンドーを一瞥した。下のアベニューでは街路樹の葉はとっくに落ちて黒々と散らばっていた。歩道には歩行者はいなく、こちらの大陸の豊饒な淋しさが広い敷石からにじんでいた。こちらの大陸からかれは何度も逃げて行った。こちらの大陸で母が一人で老いることになった。

女たちの声を聞きながらアパートの中へ視線を戻した。高い椅子と四人も座れる長椅子、そのうしろの壁には年齢によって変わらない弟の写真と、かれの高校時代の写真と、ホワイト・ハウスを背景にした五十男の、二人目の夫の写真がかざってあった。

Oh really?　本当ですか、と反応する妹の声が二度も耳に入り、そのすぐあとにかれの視線がクリスマス・ツリーにたどりついた。

その瞬間、ツリーのとなりに、星とティンセルのきらめきに半ば隠された白い顔が浮いているのに気がついた。

しなやかな立像の、観音菩薩の顔だとすぐ分った。かんのん、と何日かぶりで島国のことばが頭に浮かんだ。グアンイーンと半世紀前の自分の家でそう呼んでいたのもふっと思いだした。

出窓のある母の部屋から「日本人《ルペンレン》」が造った庭を見渡して、わずかにほほえみを浮かべた白い顔が静かにつやを放ちながら確実にそこにあった。

かれが記憶した最初の家にあり、母が最後の住処に置いた菩薩の姿にじっと見入った。来年来たときも変わらずそこにあるだろう、と安心感にも似た落ち着きを覚えた。

妹が夕方までにワシントンに帰りたい、と言いだし、かれもいっしょにホテルに戻る、と言った。

三人が「ホーム」のロビーへ下りた。妹もかれも母を抱いてほおにキスをして、そしてタクシーに乗った。タクシーはすぐに人気のないアベニューに出て、かれの中学校と、母が働いていた時代に毎朝乗りこんだバス停を通りすぎた。ハイウェイに入り、ハイウェイが終わると冬枯れの川岸からキー・ブリッジを渡り、あっという間にワシントンに入った。翌日の朝、かれは全日空の直行便で帰り、夕方には新宿の部屋にたどりついた。

二ヵ月が経った日の夜半に、新宿の部屋で電話が鳴った。「もしもし」と出ると、向こうからは「ハロー」も聞こえなく、「ウェイ」もなかった。

Your mother、といきなり切り出した妹の声が受話器いっぱいにこだました。

あなたのお母さんはあぶない。

シャンシャ、シャンシャ、という音で目を開いた。山下《シャンシャ》、という漢字をすぐに思い浮かべて、友人の声にしたがって、フロントガラスの中に映った禿山を見るとそのふもとに寺院の反り屋根があった。

その方向から漢民族の旅行者たちの車の列が、午後の薄い光の下でゆっくりと動いていた。すでに閉門の時間だったかもしれない。

ブルーバードが寺院の山門前にたどりついたときはすでに他の車はすべて去っていた。いつものように寺院そのものにはそれほど関心のない友人が貴重品を見守り車にとどまり、かれは一人で下りた。

青と赤の鮮やかな模様を描いた山門はまだあいていたのでかれはゆっくりと境内へ踏みこんだ。

大勢の声が聞こえた。議論のような騒しい声だった。右の方には広場があって、それを埋め尽くした百人ほどの僧侶の法衣が朱色の波となっていた。手を上げ下げしながら一人一人が何かを主張しているようだった。弁経《ビエン・ヂン》、経を弁ずる弁論会だろう、声はすべて蔵語で、かれにはまったく分らなかった。

分らないからその内容を色々と想像した。「存在」を言っているだろう、「無」を論じているだろう。「無」を思考した瞬間、もうすでに「無」にあらず、といつか島国のお寺の住職の口から出たことばを思いだした。たぶんそのような意味だろう、不可解な音が空気の中で歯切れよくこだましました。

奥の院に違いない、ダライ・ラマとパンチェン・ラマの黄帽派のお寺に違いない。

かれはゆっくりと中へ入って行った。広くもない境内の中の大経堂の前にすぐたどりついた。堂の門には巨人のこぶしを想わせる錠がかかっていて、人気はなくしんとしていた。

大経堂の後にそびえる山の尾根から強い光が流れていた。薄い空気の中で自然にゆったりとなった歩調でコーラの方向、左から右へ、真赤な石の高い壁の下で歩きだした。参拝者が一人もいないのが不思議で、すこし恐かった。静寂の中で、下の広場から「無」と「有」、きっとそれを弁論しているだろう、蔵語の声がまだかすかに聞こえていた。

「無」が分らない、「有」が「無」に変わるのが分らない、存在していたものが不在となった、たとえ身近かにそれと出会っても理解することはできない。母のフル・ネームが刻みこまれた新しい墓が目の裏でちらつき、その心象を払拭しようとして重くなった足を先の方へ動かしつづけた。

途中で、左の方に小道があるのに気がついた。舗装していない土の小道だった。そこにも誰も歩いていなかった。僧侶は全員弁論会に出席しているのか。

小道を歩きだした。途中でチベット犬にでも出くわしたら大変なことになる、とまた恐さを覚えたが、生きものの気配はなかった。

小道は小高い所へ登って行った。空気がさらに薄くなった。ゆっくりと歩きつづけているとつきあたりの台地に木造の建物が視線に入った。そこには人がいるだろうと思って、足を無理して早めるとその屋根の下に建物の門があいているのが見えた。門の下に鮮かな色彩の小旗が掛けられている。分院なのだろう、まちがいなく伽藍の一部なのだ。門をくぐると拙い蔵語で「チョーデモー」とあいさつしてみた。建物の中から返事はなかった。

板を敷いた廊下に足を踏み入れてみた。本当に入っていいのか、とその足を止めたが、壁にぎっしり並んでいる青と赤と金の唐卡《タンカ》に魅せられてまた動きだした。

廊下は建物の奥へとつづき、そのつきあたりにはピクチュア・ウィンドーのような大きな窓に背後の禿山のぎざぎざの尾根がくっきりと映っているのだった。

つきあたりにはまだ左右に伸びる板の廊下があった。亜熱帯の島にあった自分の家の、「日本人《ルベンレン》」が敷いた板の廊下をちらっと思いだした。廊下に面している部屋のドアがすべてあいていた。どの部屋にも人がいるという気配はなかった。

左の三番目の部屋のドアの前にかれは立って中をのぞきこんでみた。

部屋の中央には木の高座がどんと置かれているのに驚いた。活仏が座るような高座だった。活仏の家の中へ入りこんでしまったかもしれない。活仏も弁論会に出ているのだろうか。

ためらいながら部屋の中へ踏み入った。部屋の半分ほどを占める巨大な高座の両側の壁には、知らない菩薩の唐卡《タンカ》が掛かっていた。

廊下の窓から流れてくる光が自分の背を押しているように、また部屋の中へ入りこんだ。

金の座布団を置いた高座をすぐ前にした瞬間、足元の床の上に金属のものが転がっているのに気がついた。

大きなオモチャの車だった。

こんなところに、誰が持ちこんだのか、と思いながら視線を上げて、高座の上にすえられている活仏の写真を見た。

朱色の法衣をまとい、頭に円錐形の黄色い帽子をかぶった四歳ほどの子供だった。

高座のすぐ横から写真を確認した。男の子供の顔は何かの光を受けてつやを放っていた。だが重たそうな黄色い冠の下の小さな顔の表情は茫然としているのだった。君は仏の生まれ変わりなのだ、ととつぜん言われて当惑しているようだった。

A child is born

ひとりの子供は生まれた。生まれたと同時に生まれ変った。

子供の写真の裏には老人の写真があった。その老人の写真の裏にはまた別の子供、また別の老人の写真がくっついていた。代々違った人に生まれ変わり続けた菩薩の写真だった。かれはためらいがちに手を伸ばして、写真の列を指でつまんでみた。在と不在の連続に指が触れた、そんな感覚だった。生と死とまた生のトランプを弾いている自分に気づき、思わずその手を引いた。おそれ多い気持ちとなって、高座から一歩下った。

不在が分らない。

背から光を感じた。ふり返ると背後の山の尾根から流れた陽光が部屋いっぱいにさしこんで、菩薩のオモチャの金属に当り、ぴかっと光った。

リービ英雄（りーび・ひでお）

作家、日本文学研究者。一九五〇年、カリフォルニア生まれ。少年時代を台湾、香港で過ごす。プリンストン大学とスタンフォード大学で日本文学の教鞭を執り、『万葉集』の英訳により全米図書賞を受賞。一九八九年から日本に定住。一九八七年、「群像」に「星条旗の聞こえない部屋」を発表し小説家としてデビュー。一九九二年に作品集『星条旗の聞こえない部屋』で野間文芸新人賞を受賞し、西洋人で初の日本文学作家として注目を浴びる。二〇〇五年『千々にくだけて』で大佛次郎賞、二〇〇九年『仮の水』で伊藤整文学賞、二〇一六年『模範郷』で読売文学賞を受賞。法政大学名誉教授。

初出

「高原の青い鳥」　中央公論二〇一七年四月号
「西の蔵の声」　群像二〇一九年二月号
「文字の高原」　群像二〇二〇年六月号
「A child is born」　群像二〇二一年七月号

チベット語監修　棚瀬慈郎

天《てん》路《ろ》

二〇二一年八月三〇日　第一刷発行

著者　リービ英《ひで》雄《お》

発行者　鈴木章一

発行所　株式会社講談社
東京都文京区音羽二―一二―二一
〒一一二―八〇〇一
電話　出版　〇三―五三九五―三五〇四
販売　〇三―五三九五―五八一七
業務　〇三―五三九五―三六一五

印刷所　凸版印刷株式会社

製本所　株式会社若林製本工場

定価はカバーに表示してあります。

落丁本・乱丁本は購入書店名を明記のうえ、小社業務宛にお送りください。
送料小社負担にてお取り替えいたします。
なお、この本についてのお問い合わせは、文芸第一出版部宛にお願いいたします。

ISBN978-4-06-524375-6

KODANSHA